U0543974

镜子地狱

[日] 江户川乱步

日本侦探推理小说之父、
本格派创始人江户川乱步经典作品

欲望、猜忌、贪婪……
人性中幽暗与理性的碰撞
缜密逻辑解开重重谜团，
奇诡案件折射日本社会现实

赵楠婷 等 译
赵楠婷 曹珺红 校译

陕西新华出版
陕西人民出版社

图书在版编目(CIP)数据

镜子地狱 / (日) 江户川乱步著；赵楠婷等译.
—西安：陕西人民出版社, 2023.6

ISBN 978-7-224-14938-8

Ⅰ.①镜… Ⅱ.①江… ②赵… Ⅲ.①推理小说—小说集—日本—现代 Ⅳ.①I313.45

中国国家版本馆CIP数据核字(2023)第099901号

"日本经典之美"丛书编委会
译丛主编：杨晓钟
校　　译：赵楠婷　曹珺红
译　　者：赵楠婷　曹珺红
　　　　　杨晓钟　唐珊珊
　　　　　张　仪　杨春娥
　　　　　寇梦珂　李明芳

责任编辑：武晓雨　凌伊君
整体设计：白　剑

镜子地狱
JINGZI DIYU

作　　者	[日]江户川乱步
译　　者	赵楠婷等
出版发行	陕西人民出版社
	（西安市北大街147号　邮编：710003）
印　　刷	西安市建明工贸有限责任公司
开　　本	787毫米×1092毫米　32开
印　　张	4.5
字　　数	72千
版　　次	2023年6月第1版
印　　次	2023年6月第1次印刷
书　　号	ISBN 978-7-224-14938-8
定　　价	28.00元

目录

非人之恋 1

镜子地狱 29

目罗博士不可思议的犯罪 51

一张收据 79

致命的错误 103

非人之恋

一

您知道门野吧。他是我的丈夫，十年前已经去世了。过去了这么久，再次提到门野的名字，像是在说别人的事情一样，即使发生了那件事情，也总觉得是自己在做梦。要问我是因为什么机缘嫁到门野家的？其实没有什么特别的原因，嫁给他，并非是因为暗生情愫之类让人不齿的原因，只不过是媒人向我母亲提亲，母亲答应后又说与我听。而我只是一个养在深闺中的小姑娘，根本不敢拒绝这种事情。我就在榻榻米上画着圈圈，点头表示答应。如此一来，婚事就定下了。

但是，一想到那个人将成为我的丈夫，我便内心五味杂陈。因为我们生活的城镇不大，门野家又是当地数一数二的名门望族，所以我曾经见过他。听说他是一个很不好相处的人，但是长得一表人才。您也许听说过，门野是一个不折不扣的美男子！不，我不是在自顾自讲着自己和爱人的无聊事。可能是体弱多病的缘故，他的美中总有一种阴郁、苍白、清冷通透的感觉，这除了让他看起来更加俊美之外，也格外吸引人。如此俊美的男子肯定在和其他美丽的姑娘交往，即使没有，也不可能疼爱我这样的丑八怪一辈子吧。我对未来充满了担忧，于是便仔细地听着朋友或者仆人们对他的议论。

就这样，把听来的小道消息汇集在一起，其中并没有我担心的关于门野风流的传言，反而知道了他变得不好相处的原因。门野可以说是个怪人吧，几乎没有朋友，很多时候都把自己关在屋子里，最让我担心的是，有人说他讨厌女人。如果是为了摆脱女人纠缠的话，这种传闻我是不会放在心上的，不过门野似乎是真的讨厌女人，和我的婚事本来就是父母的意思，比起我来说，媒人花了很大一番功夫才说服了门野。对于那些传闻我原本没有听得那么清楚，也许是嫁人之前的姑娘心思敏感，别人随意说出口的话我都暗自记在心里。不，在我嫁过去后遇到那些事情之前，我真的以为一切都是我个人的猜测而已。我朝着对自己有利的方向想，以此让心里得到安慰。因此，我也多多少少有些自负了。

想起当时少女般纯真的心思，连自己都觉得可爱。虽然心中忐忑不安，但是仍然到邻镇的绸缎庄挑选面料，全家一起缝制，结婚用的道具以及各种零碎的随身物品也都精心准备。在此期间，对方还送来了豪华的聘礼，朋友们又是送上祝福又是投以羡慕的目光，不管碰到谁都会戏弄我一番，我都习以为常了。所有的一切让我又羞又喜，家中处处洋溢着喜庆气氛，而我这个年仅十九岁的小姑娘已经因此高兴得忘乎所以了。

无论门野是多么奇怪的人或是多么难相处的人，我都被他那俊美的外表深深吸引，变得一发不可收拾。而且，他这种性格的人反而会对人一往情深，把所有的爱都倾注给我，只呵护、疼惜我一人。我真是太天真了，才会这么想。

最初感觉出嫁的日子遥遥无期，可就在我掰着指头数的时候，日子马上就到了。随着婚期临近，甜蜜的幻想逐渐被现实的恐惧代替。结婚当天，迎亲的队伍聚在门前。不是我自夸，虽然我们家是个小镇，但那个阵仗放在大镇里也是排场十足。我想不管是谁都会经历被裹挟着乘坐人力车的事情吧，整个人都要昏厥过去了，就像一只待宰的羔羊，不仅精神上感到恐惧，而且全身一跳一跳地疼痛，那种感觉不知道该怎么形容才好……

二

　　总之婚礼在我迷迷糊糊之中结束了。之后一两天时间里，也不知道自己在晚上有没有睡着，公公婆婆是什么样的人，门野家的仆人有多少，虽然和他们互相打过招呼，但是脑海中似乎没有留下任何印象。然后就到了回娘家的日子，坐在人力车上，看着前方另一辆车上丈夫的背影，仍不清楚这到底是梦还是现实……哎呀，真是抱歉，我光顾着说这些无聊的事情，重点都跑偏了。

　　这样一来，婚礼的慌乱就告一段落了，该说是船到桥头自然直吗？门野并不是传闻中的怪人，不仅如此，反而比一般人温柔，对我这样的人也是体贴入微。我放下心来，至今为止近乎痛苦的紧张彻底得到了缓解，我不禁想着，人生竟能如此幸福！公公婆婆为人和蔼，婚前母亲对我的叮嘱完全是白操心。另外，门野是家里的独生子，对我来说也就不存在小舅子什么的，我对此反而有些失落，没想到作为妻子竟是这么无忧无虑。

　　至于门野的相貌，不，我没有跑偏，这确实是故事的一部分。在一起生活之后的那种感觉和在远处偷看时的感觉不一样，门野理所当然地成为我出生以来第一个，也是我在世上唯一一个爱人。随着日子一天天过去，我越发觉得门野出色，觉得他那俊美的相貌无人能及。不，不只是相貌漂亮。爱情真是不可思议！门野超凡脱俗的地方虽然算不上古怪，但他常常一副若有所思而又闷闷不乐的忧郁样子。这个长相精致而且如水晶般剔透的美男子有着难以描述的魅力，让我十九岁的心灵痛苦不已。

整个世界突然全变了。如果在父母养育下生活的十九年是在现实世界的话，那么婚后的生活仿佛是居住在梦中的世界，或者是在童话世界里。说得夸张些，好似浦岛太郎①在龙女宠爱下所居住的龙宫世界。如今想想，那时的我确实犹如浦岛太郎一般幸福。不幸的是，这样的生活只持续了半年。世人都说出嫁是痛苦的，而我的情况却完全相反。不，更准确地说，是因为世人口中的痛苦时刻还没有到来，美梦破灭、现实崩塌的可怕便先一步出现。

说到那半年是如何生活的，我只记得过得很快乐，除此之外的很多细节都不记得了，而且也和我想说的事情没有多大关系，羡煞旁人的爱情故事就回忆到这儿吧。总之无论世上其他的丈夫多么爱自己的妻子，都比不上门野对我的疼爱。对此我只有心怀感激，也可以说完全陶醉在其中，

---

① 日本传说故事中的人物，因救了一只海龟而受到龙女的款待。

根本不会去怀疑什么。不过事后想想，门野的过度疼爱中其实暗含可怕的成分。但这并不是说，因为门野过度宠爱我才导致我们之间结束，他只不过是发自内心地、想要努力爱我罢了，绝对没有想要骗我的意思。所以他越努力，我越当真，从而真心地依赖他，全身心地托付于他。那么，他为何要这么努力呢？这些在当时就该觉察到的事情，我却过了好一阵子才发觉，实际上这当中藏着令人毛骨悚然的原因。

三

我察觉到不对劲时，距离婚礼正好过去半年。如今想来肯定是门野耗尽了所有的力气，不能继续爱我了。此时，有人乘虚而入讨得他的心。

男人的爱究竟为何物？我这个小姑娘不可能明白。一直以来，我都坚信门野对我的爱胜于其他男人对自己心仪之人的爱，不，是胜于任何男人。然而，对此这么深信不疑的我也渐渐察觉到门野的爱中包含虚假的成分……晚上的缠绵只不过是形式上的，他的心似乎在追随着某种遥远的东西，我感到莫名的冰冷空虚。他爱恋地看着我的目光的深处，有另一双冰冷的眼睛凝视着远方。就连呢喃着爱语的声音中都透露出空洞，像机器一样没有感情。但当时的我从未想过，所有的爱从一开始就是假的。我不得不怀疑，这是他移情别恋的征兆。

怀疑这种行为容易成瘾，一旦滋生，就会像乌云翻涌一般，以可怕的速度蔓延开来。对方的一举一动无论多么细微，都会被我无限放大，成为笼罩在我心中的团团疑云。那时候的一言一语，其背后肯定也包含着这样的意思。而平时不在家时，我便想知道他到底去了哪里。一会儿又这样了，一会儿又那样了，一旦开始怀疑就停不下来，就像人们常说的，感觉脚下的地面突然消失，出现巨大的黑洞，把我吸入深不见底的地狱中。

虽然有诸多怀疑，但是我没有捕捉到哪怕一丝确凿的证据。门野离开家的时间通常都很短，而且我也大概知道他去了哪里。此外，我甚至偷偷翻过他的日记、信件和照片，却没有找到任何能够明白他心意的痕迹。我也曾多次反省，或许是我这个年龄的姑娘还不成熟，一味怀疑毫无根据的事情，自讨苦吃。可是怀疑一旦在心中根深蒂固，便难以摆脱。他仿佛忘记了我的存在似的，神情木然地望着一个地方，陷入沉思。看着他这样的状态，我便觉得果然有什么地方不对劲，绝对没错。那么，会不会是这样呢？正如之前所说，门野性格忧郁，自然也内向、消极，大多数时候都把自己关在房里读书，他说在书房里无法放松，就常常爬上屋后的仓库①二楼，那里堆放着许多门野家世世代代传下来的古籍。到了夜里，点上过去用的纸罩灯，独自一人在那个昏暗的地方看书，这是他从小养成的一大嗜好。我嫁过来的半年时间里，他似乎忘记了这个嗜好，从未靠近过仓库，然而最近一段时间他又开始频繁出入仓库。这是否意味着什么呢？我突然在意起来。

四

在仓库的二楼看书虽说有些与众不同，但也不是什么应该受到指责的事情，而且也没有可疑的地方。我原本是这么认为的，但转念一想，我已经尽可能地留意、监视门野的一举一动，也检查了他的随身物品，没有任何不对劲。因此，他留给我的名存实亡的感情、空洞的眼神，甚至有时候连我的存在都会忘记的沉思，只有在仓库的二楼才能找到原因。更奇怪的是，他都是深更半夜前往仓库，有时会先观察一旁的我的呼吸声，然后再偷偷离开被窝。原以为他是去方便，可是很长时间都不回来，走到外廊能发现

---

① 这里的仓库是一种日本传统建筑，内部是木质结构，外墙由土和灰泥制成，主要用来存放物品。

仓库二楼的窗户透出昏黄的灯光。我屡屡被无法用言语描述的、莫名的恐惧所包围。刚嫁过来的时候,我让他带我去仓库参观过一次,之后只有换季时去过一两次。即使门野闷在里面,我也没有想过跟过去看看,我根本不认为仓库里会藏着他疏远我的理由。因此,唯有仓库的二楼一直不在我的监视范围内,但事到如今,我不得不把怀疑的目光投向那里。

我嫁进来的时候春天过去了一半,开始怀疑他正好是那年的中秋明月时节①。我至今仍清楚地记得,门野蹲坐在外廊上,沐浴着皎洁的月光耽于沉思,久久不能回神的背影。看着他的样子,不知为何我的心揪了一下,这便是我怀疑他的契机。之后我的疑心越来越重,最终发展到我不顾羞耻地跟踪门野进入仓库里的地步。那时已是秋末。

我们之间的缘分多么短暂啊!我的丈夫门野那令我忘乎所以的爱情(正如之前所说,那绝对不是爱情)在短短半年之后便消失殆尽,我就像打开了百宝箱的浦岛太郎,一下子从出生以来从未经历的梦境般的生活中清醒过来,而等待我的是充满猜疑和嫉妒的无尽地狱。

不过,一开始我并没有认真想过,仓库里会有可疑之

---

① 日本的中秋节。

处，只是深受猜疑折磨，想要窥视丈夫独处时的样子，如果可以的话希望能够借此消除疑虑。我一边祈祷着那里都是让我安心的情景，一边又对自己小偷般的行为感到害怕。事到如今放弃的话，总是心有不甘。于是在某个晚上，我只穿了一件夹衣便前往仓库。当时只穿一件夹衣已经略有寒意，不久前还在院子里叫个不停的秋虫不知何时也没了声响，而且晚上漆黑一片，没有月光。我穿着木屐走在通往仓库的道路上，抬头看向天空，星星虽然美丽动人，却感觉遥不可及，竟显出凄凉的意味。我终于潜入仓库，试图偷窥应该在二楼的丈夫。

主屋里的公公婆婆和仆人们早已入睡。因为是乡下小镇宽敞的庭院住宅，才十点便已万籁俱静。去往仓库的路上必须要经过一片漆黑茂密的树丛，让人胆战心惊。路面即使在晴天的时候也是湿乎乎的，树丛里还住着大蛤蟆，咕呱咕呱叫个不停，好不容易到达仓库，那里仍是黑漆漆的。仓库里特有的寒气和霉味夹杂着淡淡的樟脑味道，瞬间扑面而来，让人不禁战栗起来。如果不是心中的嫉妒之火在熊熊燃烧，我这个十九岁的小姑娘怎么敢做出这样的事情。真是没有比恋爱更可怕的东西了。

黑暗中，我摸索着靠近通往二楼的梯子，悄悄向上窥视，二楼地板上的门紧闭着，所以才会这么暗。我屏住呼吸，蹑手蹑脚地一级一级往上爬,到门口后轻轻地推了推门,门竟然是锁着的,从外面根本打不开,没想到门野如此谨慎。若只是单纯地读个书,何必把门锁上,这样的小事都成为我怀疑的根据。

我该怎么办呢?敲门请他打开吗?不,不行,三更半夜做这种事情会暴露我内心卑鄙的想法,他肯定会因此更加疏远我。但是,这种猜来猜去的状态再继续下去的话,我会发疯的。还好这里距主屋有一段距离,干脆豁出去让门野把门打开,就在今晚把平日里的怀疑向他和盘托出,问问他真正的想法吧。就在我站在门下,犹犹豫豫拿不定主意的时候,发生了一件非常可怕的事情。

五

那天晚上,我为什么会去到仓库呢?按理来说,半夜三更仓库的二楼不可能有事情发生,然而因为愚蠢荒唐的猜疑,我不知不觉便跟了过来,似乎是有无法用常理解释的某种感应在指引着我。这就是人们常说的无法解释的预感吗?这个世上有时也会发生一些用常识无法判断的、意料之外的事情。那时我听到二楼传来窃窃私语的声音,是一男一女在说话。男人的声音明显是门野的,但是跟他交流的女人到底是谁呢？

虽然我之前已经有所怀疑，但是一旦显而易见的事实摆在眼前，我这个少不经事的小姑娘还是感到震惊，比起气愤我更感到害怕和悲痛，好不容易忍住没有放声哭出来，身子却像患了疟疾似的抖个不停。即使在那种状况下，我还是忍不住偷听上面的说话声。

"再这样继续幽会的话，我真是对不起你的夫人。"

女人的声音很细，因为太微弱了，几乎听不清楚在说些什么，对于听不到的部分我依靠想象推测，勉强知道意思。从声音来判断，那个女人比我大三四岁，但是没有我这么肥胖，肯定非常纤细苗条，就像泉镜花笔下的梦一般美丽。

"我也觉得对不起她。"这是门野的声音，"可是就像我常说给你听的那样，我已经竭尽全力地尝试去爱京子，但还是做不到。我们从小就在一起，无论如何，我都无法放弃你。我知道对京子再多的抱歉都不够，但我还是一边怀着对京子的歉意一边又忍不住每天晚上来见你。请体谅我这痛苦的心情吧！"

门野的声音非常清晰，他郑重其辞，像是在说台词似的，一字一句扎进我的心里。

"我好高兴。你这样美丽的男子，竟然抛开那个贤惠的妻子，如此倾心于我，我是多么幸运啊！我真的好高兴。"

我的耳朵变得异常敏锐，任何细微的声音都没放过，我能够想象出女人依偎在门野膝上的画面。

你能想象我当时怀着怎样的心情吗？如果是现在这个年纪，我早就不顾一切破门而入，冲到那两个人旁边，把所有的怨恨和痛苦一股脑地发泄出去。可是不管怎么说，我当时就是一个小姑娘，没有那样的勇气，只能紧紧地捏着衣角，压抑着涌上心头的悲伤，痛不欲生地待在原地，连离开都做不到。

不久，我突然听到地板上的脚步声，里面的人朝着门口走过来了。现在在这里碰上的话，无论是我还是对方都很尴尬。我急忙走下梯子，跑到仓库外面，悄悄地躲在暗处，睁大充满恨意的、燃烧着怒火的眼睛。我要好好看看这个女人长什么样子。伴随着嘎吱嘎吱的开门声，光线一下子透了出来，紧接着单手拿着纸罩灯蹑手蹑脚走下梯子的，毫无疑问正是我的丈夫。我怒火中烧，等那个女人跟着门野出来，门野却关上仓库的大门从我躲藏地方的前面走过，木屐声渐渐远去，女人依然没有下楼的意思。

仓库只有一个出入口，窗户也都布上了铁丝网，应该没有其他的出口。但是，我等了这么久都没有听到开门声，真是不可思议。而且，门野不可能把那么心爱的恋人留在仓库里独自离开。难道他们预谋已久，在仓库的某个地方挖掘了一个密道？想到这里，我眼前浮现出一个为爱痴狂的女人一心想见心爱的男子，连恐惧都抛之脑后，在黑暗的洞穴里匍匐前行的画面，甚至似乎听到了那微弱的声音，我顿时不再害怕独自一人待在黑暗中。之后，我又担心门野回去看不到我而起疑心，因此那晚只能作罢，暂且先返回主屋。

六

从那以后，我不知道进入黑暗中的仓库多少次，在那里偷听丈夫和他情人的肉麻情话，这让我的内心受尽折磨，痛苦绝望。每一次我都想方设法地想要见到那个女人，但一如最初的那个晚上一样，从仓库出来的只有丈夫门野，完全不见女人的身影。有一次，我准备了火柴，看到丈夫离开之后，偷偷爬上仓库二楼，借着火柴的微光四处寻找，那个女人明明没有时间躲藏，却不知所踪。还有一次，我趁丈夫外出，白天便溜进仓库中找遍了每个角落，原本猜测或许是有密道又或者窗户的铁丝网破了个洞，但是仔仔细细地察看一番下来，里面连一只老鼠都逃不出去。

这也太不可思议了。确认了这些事情之后，比起悲伤、不忿，我更感到难以言喻的恐惧，不禁浑身战栗。到了第二天晚上，女人不知道从哪里进入仓库，照旧用娇媚呢喃的声音和丈夫说着情话，然后再次像幽灵一般消失得无影无踪。难道门野被鬼魂缠上了吗？门野天生忧郁，感觉有些地方和普通人不太一样，让人想到蛇（因此我才被门野吸引吧），也许这样的门野很容易被鬼呀、怪呀之类的东西迷了心窍。想到这里，连门野看起来都像某种魔物，我突然有种无法形容的、奇怪的感觉。干脆回娘家，把事情一五一十地说出来，或者告诉门野的父母？整件事情太令人恐惧、太诡异了，我有好几次都下定决心和盘托出，但是就这么稀里糊涂地把这种毫无根据的鬼怪故事说出去会被人笑话，反而出丑丢人，我最终忍了下来，决定再观察一两天。仔细想想，从那时起，就能看出我骨子里是一个争强好胜的人。

事情发生在某天晚上。那天，我忽然注意到一件奇怪的事。那就是门野和他的情人在仓库二楼幽会完，门野要从二楼下来时，总会传来一声细微的"啪嗒"声，似乎是盖子合上的声音，然后好像是"咔嚓咔嚓"上锁的声音。仔细想来，这些声音虽然极其微弱，但是每个晚上都会出现。在仓库的二楼里，能发出这种声音的只有摆在里面的几个长衣箱。那个女人藏在衣箱里吗？活人的话，不可能不吃不喝，何况在让人呼吸困难的衣箱里，人也不可能待那么久。但是不知为何，我觉得自己的猜想没有错。

一旦察觉到这一点，我就再也无法保持镇定。不管怎样，我都要偷到长衣箱的钥匙，打开箱子，看看那个令门野神魂颠倒的女人究竟长什么样子。若是有什么情况发生，不管是用咬的还是用挠的，我都不会输。我咬牙切齿地等待天亮，仿佛那个女人真的藏在衣箱中。

第二天，我从门野的文卷箱里偷出仓库钥匙，没想到很轻易便得手了。当时我仿佛魔怔了一般，即便如此，这件事情对我这个十九岁的小姑娘来说还是过于沉重了。经历一个又一个失眠的夜晚，想必我一定脸色苍白、日渐消瘦。幸好我们住的屋子与公公婆婆的有一些距离，而且丈夫门野整日沉浸在自己的世界里，半个月来，没有人对我产生怀疑。即使在白天，仓库也很昏暗潮湿而且散发着霉味，该怎么形容我拿着钥匙溜进仓库时的心情呢？现在想想，真是觉得难以置信，我竟然敢做那种事情。

不过，也许是在偷钥匙之前或者在爬仓库二楼的时候，在一团混乱的思绪中，我突然冒出一个滑稽的想法。虽然不重要，但我还是顺便提一下吧。我怀疑，这些天的说话声都是门野一个人分饰两角、自导自演的，就像是单口相声那样。再比如门野为了写小说或者迷上了演戏，才会在无人打扰的仓库二楼偷偷地练习台词，说不定衣箱里根本没有藏女人，只是一些戏服。真是莫名其妙的想法。呵呵，我已经神志不清，思绪混乱到突然产生这种自我安慰的妄想。这是为什么？想想那些你侬我侬的话语，世界上哪有人会使用如此可笑的语调说话呢？

七

门野家是镇上有名的望族，所以仓库的二楼堆放着祖先留下来的各种古老物品，像个古董店。三面墙并排摆放着之前提到的朱红色衣箱，另一边的角落摆着五六个旧式的长形书箱，书箱上堆着放不下的黄色封面书和蓝色封面书，书的背面都是虫蛀的痕迹，而且积了一层厚厚的灰尘。架子上放着古老的卷轴盒子、带有家徽的大行李箱、竹子制作的衣箱、古老的陶器，等等，混杂在其中异常显眼的是巨大的碗状漆器和漆盆，据说是染黑牙齿用的工具。这些物品因为年代久远而逐渐泛红，但是上面金漆制作的家徽已经成了描金画。最令人恐惧的是楼梯口摆放的两件装饰性的武士铠甲，像活人似的坐在铠柜上。其中一件是黑丝连缀而成的黑丝甲，看起来肃穆庄重；另一件应是绯色铠甲，全身发黑，连缀甲片的丝线都已断开，但是这件铠甲在过去肯定如火焰般鲜红而且绚丽漂亮。头盔以及覆盖到鼻子的瘆人的铁皮面具也都完好无损。在这座白天也显得昏暗的仓库里盯着它们看的话，总感觉它们随时会站起来，取下悬在头上的长矛，我顿时想要大叫着逃出去。

虽有淡淡秋光透过窗户、穿过铁丝网照射进来，但是窗子实在太小，仓库的角落依旧如在黑夜一般伸手不见五指，只有描金画和金属零件好似魑魅魍魉的眼睛发出怪异而又暗淡的光。置身其中，若是想起之前那番鬼魂的猜想，我一个女人如何能承受得住呢？然而我最终还是强忍着恐惧，打开了长衣箱，也许这就是爱情赋予的强大力量吧！

虽然我认为不可能发生那种事情，但是仍感觉毛骨悚然。打开一个又一个长衣箱的盖子时，我浑身尽是冷汗，连呼吸都要停止了。每每打开盖子就像窥视棺材似的，心一横伸头往里看时，说不上是预料之中还是预料之外，里面都是旧衣服、被褥、精美的书籍之类的，没看到任何可疑的东西。那么，每次听到的那个合盖声和上锁声究竟意味着什么？就在我觉得十分怪异时，我突然注意到，最后打开的衣箱里摆着几个白木盒，盒子表面用行云流水的御家流[①]书法写着"古装人偶"或者"五子演奏"又或者"三个仆役"，等等，是专门放女儿节人偶的箱子。在确认过没有任何可疑之处后，我稍稍放宽了心，而此时我的好奇心也被勾了起来，竟生出想要打开看看的念头。

---

① 日本的书法流派，江户时代为幕府的官方书体。

我把盒子一一打开，取出里面的人偶，这是古装人偶，这是左近之樱①，这是右近之橘②，在欣赏的过程中，空气中混杂着樟脑的味道，有种令人怀念的感觉。旧式人偶细腻的肌肤纹理不知不觉把我带入梦的国度，有好一会儿我都沉浸在对人偶的欣赏中，就在这时，我忽然注意到长衣箱里面的另一侧，放着一个和其他盒子都不同的、三尺多长的长方形白木盒，直觉告诉我里面放着非常贵重的物品。这个盒子表面同样用御家流书法写着"拜领"二字，里面放着什么呢？我轻轻地把它从衣箱中拿出来，打开盒子只看了一眼，当即像是被某种东西击中似的，不由得背过脸去。于是，在那一瞬间（所谓灵感就是指这种情况吧），几天以来的疑团全都解开了。

八

如果我说让我如此震惊的东西只是一个人偶的话，你肯定会嘲笑我吧。然而你有所不知，那是过去有名的人偶师穷尽心血制作出来的艺术品，是与活人一般无二的人偶。

---

① 日本京都平安神宫紫宸殿正面台阶东侧栽种的樱树，因左近卫府的武官在此树以南列队而得名。
② 日本京都平安神宫紫宸殿正面台阶西侧种植的柑橘树，因右近卫府的武官排列在这一侧而得名。

你在博物馆的角落偶遇古老的人偶时，难道不会对那栩栩如生的样子莫名地感到战栗吗？若是少女人偶或者稚子人偶，你难道不会对那超然物外的梦幻魅力感到惊奇吗？你是否知道御土产人偶①那不可思议的逼真程度？又或者你是否知道古代男色之好盛行时，好色的人们会雕刻形似男性情人的人偶，与其日夜缠绵的荒谬事情？不，不用提那么久远的事情，倘若你知道文乐②的净琉璃人偶的离奇传说或者近代名师安本龟八③的活人偶之谜的话，你一定能够感受到我看到人偶时的震惊。

在发现人偶之后，我曾悄悄地问过门野的父亲，得知人偶是殿下所赐，由安政时期④一位名叫立木的名师制作，这种人偶俗称京人偶，实际上是浮世人偶，身长三尺有余，十岁儿童大小，四肢完整，梳着过去的岛田发髻⑤，身穿友禅染⑥制成的和服。后来听说，这似乎是立木的独特风格，

---

① 京都产的具有代表性的人偶。江户时代，大名或者其家臣常将其作为礼物带回领地，因此得名。
② 日本特有的配合义太夫调净琉璃演出的人偶戏。
③ 安本龟八是活跃于江户末期至明治时期的日本人偶师。安本龟八出生于日本熊本县的佛教世家，从小渴望成为佛教老师。受明治维新以后日本发起的灭佛运动的影响，安本龟八没有成为佛教老师，而是成为人偶师。最大的作品是其制作的真人大小且十分逼真的人偶，也就是"活人偶"。
④ 指1854年至1860年，孝明天皇在位时的年号，此时日本正处于江户时代。
⑤ 日本女性发型之一，多见于日本江户时期的未婚女性之中。
⑥ 日本的一种印染技法。

虽然是很久之前制作的人偶，却有着现代人的面孔。饱满的双唇鲜艳欲滴，似乎在渴求着什么，脸颊丰满，含情脉脉的双眼皮大眼睛写满了欲说还羞，眉似弯月，笑意盈盈。最绝妙的是那对能够摄人心魄的浅色耳朵，仿佛是用纯白丝绸包裹着红棉似的，白里透红。美艳又带着情欲的脸庞，由于年代久远而有些褪色，显得异常苍白，大概是受到长时间的抚摸，人偶原本光滑的肌肤竟像是有汗水渗出似的泛着光泽，这让她变得更加撩人，更加妖艳。

在昏暗不明且充斥着樟脑气味的仓库里看到那个人偶时，那柔软匀称的胸部正在上下起伏，好似在呼吸一般，嘴唇也像是要张开似的，强烈的真实感令我浑身颤抖不已。

这算什么事！我的丈夫居然爱着一个没有生命的冰冷人偶。看着她散发出来的不可思议的妖媚气质后，一切谜团都解开了。丈夫孤僻的性格、仓库中的情话、衣箱合盖的声音、不见身影的女人，所有的迹象都在表明那个所谓的情人实际上就是这个人偶！

之后我问了几个人，把他们的话综合起来便能够想象出原因。门野天生性格怪异，喜欢幻想，在恋上人类女子之前，偶然发现了衣箱中的人偶，从此被那强烈的魅力夺去了心魂。打从一开始那个人去仓库就不是为了读书。有人告诉过我，自古以来便发生过不少人类恋上人偶或者佛像等类似的事情。不幸的是我的丈夫就是这样的男子，更加不幸的是，丈夫家里恰好保存着稀世人偶。

非人之恋，不属于尘世的爱恋。坠入其中的人，陶醉在常人无法体会的噩梦般或童话般的怪异欢乐中，同时又不断被罪恶感所折磨，从而苦苦挣扎着想要逃离这一地狱。门野迎娶我为妻，拼命地想要爱上我，都只是垂死挣扎罢了。如此想来，我也明白了门野与情人的情话中为何会说"对不起京子什么的"。而且那句话是丈夫用女人的声音说出来的这一点也得到了证实。天啊，为什么我要经历这种事情！

九

不过，我的忏悔实际上与接下来发生的可怕事情有关。说了这么多无聊的话，还没有结束，想必你一定感到不耐烦了，不过不用着急，只需要一点点时间，我就能把事情讲完。

你不要太吃惊，我接下来要说的可怕的事情其实是我犯下的杀人罪。如果你要问，我这样的大罪人为何没有受到处罚，还能安稳度日？那是因为，我没有直接动手杀人，换句话说，就是间接杀人，即使当时我供出了一切，也不会受到任何处罚。虽然法律判我无罪，但那个人的死确确实实是我造成的，我就是凶手。然而，当时的我年幼无知，被一时的恐惧冲昏了头脑，最终没有坦白自己的罪行，而是让事情不了了之。我一直感到愧疚，从那时起，直到现在，我没有睡过一个安稳觉。如今我来忏悔，哪怕只减轻一点点罪过也好，也要向亡夫赎罪。

当时的我被爱情蒙蔽了双眼。自己的情敌甚至都不是人类，即使是名作，也只不过是一个冰冷的人偶。当我得知这一切时，心中充满了不甘——我竟然比不上那个泥人。不过，比起不甘，我更觉得丈夫违背伦理的爱令人作呕。若是没有那个人偶，就不会发生这样的事情，想着想着我最后甚至怨恨起那个叫立木的人偶师。无论如何，我都要打烂人偶那张妖艳的脸，扯掉她的胳膊和腿，看她再怎么勾引门野。有了这个想法，我就再也等不下去了。慎重起见，当天晚上再次确认过门野和人偶幽会的事实后，第二天一早，我便冲进仓库的二楼，把人偶扯得七零八碎、打得面目全非。之后，我决定观察丈夫的一举一动，虽然不可能出错，但我还是想要看看自己的猜想对不对。

看着人偶与被车轮碾压致死的人类毫无二致，身体四分五裂，全无昨日的妖艳，只剩下一堆丑陋的残骸时，我终于出了一口气。

十

这天晚上，毫不知情的门野看到我睡着之后，再次同往常一样拿着纸罩灯，消失在外廊的黑暗中。不用说，他是急着去和人偶幽会。我装作睡着的样子，偷偷地目送他离开，内心既高兴，又有种莫名的悲伤，真是百感交集。

那个人看到人偶的残骸时，会是什么反应呢？是为这畸形的爱感到羞耻，悄悄地收拾人偶的残骸，然后装作什么都不知道的样子，还是找出凶手，并大发雷霆呢？无论门野是打还是骂，我都没有怨言，况且他真的这么做了的话，我将多么欢喜呀！门野既然会生气，那就证明他没有和人偶相恋。我心神不宁，侧着耳朵仔细听，观察仓库里的动静。

我究竟等了多久？我左等右等都不见门野的身影，既然看到人偶已经坏掉了，他待在仓库也无计可施，可是已经到了平时回来的时间点，为何还没有回来。难道说，和他幽会的人果然不是人偶，而是活生生的人。这么一想，我就沉不住气，没有耐心等下去了，于是从被子里出来，又准备了个纸罩灯，穿过漆黑的树丛，向仓库跑去。

我爬上仓库的梯子，门竟然开着，上面的纸罩灯也亮着，红褐色的灯光甚至隐约地照到了梯子下面，我顿时生出一种不好的预感，心脏怦怦直跳，我大喊着"老爷"，飞奔上了梯子，在纸罩灯的灯光下，我的预感应验了。在那里，丈夫和人偶两具尸骸交叠躺着，地板上满是鲜血，两人的旁边放着一把家传宝刀，仿佛正在吸食血液。人类为土块殉情，原本该是多么可笑，可是有种难以形容的庄严紧紧地抓住了我的心。我没有出声也没有流泪，只是呆呆地站在那儿。

仔细一看，人偶被我砸得仅存半边的嘴唇流出一道鲜血，看上去竟像是人偶自己吐血一般，血一滴一滴地落到丈夫环抱着她的手臂上。此时，人偶脸上浮现出将死之人的诡异微笑。

镜子地狱

"都说你们的故事鲜有人听闻,那不妨听听我讲的这个故事?"

一天,五六个人在轮番讲些恐怖离奇的故事,朋友K说了这句话。究竟是确有其事还是K胡编乱造,那之后,我没有再问过他,所以并不是很清楚,反正是听了各种光怪陆离的故事。此时,正值春日临近,天气阴沉沉的,空气仿佛深水一般混沌,兴许是听故事的人和讲故事的人都有些癫狂,因此我竟被K的故事打动了。故事是这样的:

我有一位不幸的朋友。姑且就先称作他吧。不知从什么时候开始,他得了一种罕见的疾病,有可能是来自祖辈遗传。当然,这只是我毫无根据的猜测。他的祖父、曾祖父曾皈依天主教的邪宗门派,家中衣箱里装满了写着横排文字的古老书籍、玛利亚像、基督受难的画等。和那些东西放在一起的，还有出现在《伊贺越道中升官图》里的一个世纪前的望远镜、奇形怪状的吸铁石，以及在当时被叫作 diamant 和 vidro① 的漂亮玻璃器皿。孩童时期，他就常常让人拿出这些东西玩赏。

想来，从那时起，他便对能照出事物面貌的东西，比如玻璃、透镜、镜子等，有着不可思议的迷恋。他的玩具尽是些幻灯机、望远镜、放大镜等，还有类似瞭望镜、万花筒、哈哈镜这类可以把人和道具变得细长、拉得扁平的玩具，这些便是最好的证明。

我记得，在他少年的时候，发生过这样一件事情。有一天，我来到他的书房，看见桌上摆着一个旧桐木盒子，也许就是收纳他手中物品的盒子。他手里拿着一面旧金属镜子，阳光下的镜子在昏暗的墙壁上映出影子。

"怎么样，有意思吧？你看，镜子这么平滑，照在那里，是不是映出了奇怪的字？"

听他这么一说，我便看向墙壁。令人吃惊的是，虽然有些变形，但一个"寿"字在白金般的强光下显现了出来。

"真不可思议啊，这是怎么回事？"

---

① Diamant 和 vidro 均来自荷兰语，指江户时期的玻璃器皿。

这太神奇了，简直是神技，对于还是孩子的我来说，这一幕既新奇又可怕。我不禁问道。

"镇住了吧，我告诉你真相吧，其实也没什么了不起的。你看，看这里，镜子的背面雕着一个'寿'字，可以穿过镜子照到正面。"

经他这么一说，我恍然大悟。青铜色镜子的后面有一处非常漂亮的浮雕。但是，这字是如何穿过镜子映到墙面的呢？不管从哪个角度来看，镜子的表面都十分光滑，连照在镜子里的脸都不会凹凸不平，可是却能反射出不可思议的影子，简直像有魔法一般。

"这不是魔法，也不是别的什么。"他看到我纳闷的样子，开始解释道，"是我父亲告诉我的。金属镜这玩意儿，和玻璃镜不同，如果不经常磨的话就会变得模糊不清。这个镜子啊，很早之前就传到我家，已经磨过很多次了。每次磨的时候，背面有浮雕的部分和没有浮雕的较薄的这两个地方，金属都在以肉眼看不到的速度减少，而且每次减少程度都会不同哦。这种肉眼看不见的减少方式造成的差异是很可怕的，一旦反射出来就会显现那样的光影。你能明白吗？"

听完他的解释，我算是明白了其中缘由，但是，就算照镜子也不会显得凹凸不平的光滑的镜面，却反射出了明显凹凸不平的字，这种奇异的现象，就像用显微镜观察某种细微之物一样，让我毛骨悚然。

因为这个镜子过于古怪，所以我印象颇深。但这件事情并不是个例，他少年时代的游戏，几乎都是这一类的。奇怪的是，就连我也受到他的影响，直到现在，我对镜头这种东西都有着比别人更多的好奇心。

少年时代，他还没有过分痴迷。后来升到中学的高年级，开始学习物理，知道了物理中有平面镜成像原理后，他简直是着了迷，从那时开始，变成近乎病态的镜头狂。这让我想起一件事情，在教室里学习凹面镜的时候，老师把小小的凹面镜的样本在学生之间传递，每个人都在照。那时我脸上长满了青春痘，总觉得这和性欲有某种关联，羞耻得不得了。当我无意中朝凹面镜看去时，震惊得几乎叫出声来，我脸上的每一颗青春痘都被放大到可怕，就像用望远镜看到的月球表面一样。

小山般的青春痘，尖端像石榴一样裂开，里面渗出黑乎乎的血，就像戏剧中杀人场景宣传画一样瘆人。大概是因为长青春痘而感到自卑吧，当时的我觉得凹面镜中自己的脸十分可怕。从那以后，每当我在博览会或表演中看到凹凸镜时，总是使出浑身解数赶紧逃跑。

但是他与我的反应截然不同，他对着凹面镜看了又看，一点也不害怕，反倒是一副着了迷的样子，还情不自禁地发出感叹之声，这发疯一样的举动引得大家哄堂大笑。那之后他便对凹面镜着了迷，买了大大小小的凹面镜，用铁丝和硬纸板等做成复杂的装置，一个人自得其乐。他还真是对凹面镜满心热忱啊！他有着设计出别人想不到的古怪装置的才能，甚至还特意从国外买了魔法书。但至今我都无法想象的是，有次我去他的房间，竟然发现他屋里有一种叫作魔法纸币的玩意儿。

那是一个两尺见方的方形盒子，前面有个像建筑物入口一样的洞，里面放着五六张一日元纸币，就像插在信封里的明信片一样。

"你把纸币拿出来看看。"

他把箱子拿到我面前，若无其事地要我拿走纸币。我按照他说的伸出手，轻轻地抽出纸币。然而不可思议的是，那看起来清清楚楚的纸币，我用手去触碰时，却像触碰烟一样丝毫没有感觉。这也太神奇了吧。

"哎呀！"

看着我惊讶的表情，他一边笑着一边向我解释道，那是英国物理学家发明的一种魔术，用的就是凹面镜。具体原理我已经记不清了，大概是把真的纸币放在箱底，在上面斜着放一面凹面镜，然后把电灯装在箱子里面，光线照在纸币上。根据距离凹面镜的焦点有一定距离的物体随角度变化在不同地方成像的原理，纸币就会清晰地出现在箱子的洞里。如果是普通镜子的话，绝对看不出箱子底有真纸币，而凹面镜却不可思议地呈现了那样的效果，仿佛实物摆在那里一般。

就这样，他对镜片和镜子的痴迷越来越强烈。不久，他从初中毕业了，但却没有继续念高中，他的父母对他过于骄纵，只要是他说的话，父母都会答应。出了学校，他觉得自己已经长大成人，于是在院子的空地上新建了一个小小的实验室，整天摆弄他那些新奇的玩意儿。

以前，因为还要上学，时间上多多少少会受到些限制，所以他对镜子的痴迷也没那么严重。但如今从早到晚都待在实验室里，这种痴迷便以惊人的速度突然高涨起来。他本来朋友就少，毕业以后，他的世界就更是局限在那狭小的实验室里，他不去哪里玩儿，来访者也渐渐变少。到他房间的除了他的家人外，就只有我一个人了。

我只是偶尔去他家，但每次去，都发现他的病情越来越严重，甚至到了近乎癫狂的地步，这不禁让我暗自战栗。有一年感冒大流行，他的父母双双去世，促使他的怪癖发展到不可收拾的地步，他越发无所顾忌，而且得到了一笔巨大的遗产，更加可以随心所欲地进行他奇妙的实验了。

另外，他已经年过二十，开始对女人产生了兴趣。拥有这种奇特嗜好的他，在情欲方面也是怪异非常。这种怪异与天生对镜头的狂热结合在一起，最终酿成了悲剧。在陈述这件事情之前，我想先用两三个实例说一下他的病情是如何变严重的。

他的家在山上的一处高地上，刚才说的实验室，就建在那宽敞庭院的一角，可以俯瞰全城的房舍。因此他最初的打算是将实验室的屋顶建造成天文台的形状，并在上面安装合适的天文望远镜，沉溺在星球的世界里。那时，他已经自学了很多天文学知识。然而，他并不满足于此，他把高倍望远镜放在窗边，以各种角度偷窥下面人家的房间，享受着罪孽深重的隐秘乐趣。

有些人家有壁板挡着，有些人家在其他房子的后面，自以为别人看不见，根本不可能意识到有人在那么远的山上用望远镜偷窥自己。这些人所有的秘密行为、随心所欲的姿态就像发生在他眼前一样，清晰可见。

就这样，他享受着用窗边望远镜偷窥的行为，仔细想想，这对他来说这无疑是一个非常有趣的恶作剧。有时他也会让我看一看，但眼前突然出现这些奇怪的景象，甚至会让我脸红心跳。

除此之外，他还装了像潜水艇望远镜一样的东西，并配备了一个从潜水艇里眺望海面的装置。所以他在房间里，可以看到用人们，特别是那些年轻用人的私密空间。他会在对方毫无察觉的情况下偷看他们的房间，有时还会用放大镜和显微镜观察微生物的生活。更奇葩的是，他居然还养了跳蚤，让它们在放大镜或低度显微镜下爬行，看它们如何吸自己的血。他把虫子们放在一起，看同性之间如何相互打架、异性之间如何相互吸引。自从在他那里看过一次以后，原本认为没什么大不了的虫子开始让我感到莫名恐惧。我看见他将跳蚤弄得半死，然后再放大看跳蚤痛苦挣扎的样子。虽然只是五十倍的显微镜，但满眼就一只跳蚤，它的嘴巴、脚、身体乃至于连它身上的一根毛都能清晰地看见。虽说这比喻很奇怪，但那跳蚤看起来就像野猪一样大。它的半边背部被压扁在漆黑的血海中（其实只有一滴血），手脚伸向天空，尽量伸长嘴，一副垂死挣扎的模样，我甚至能感觉到从它口中传来了可怕的悲鸣。

如果把这些琐碎的事情一一说出来就没完没了了，所以暂时就不提了。但从实验室建成之日开始，他的这种嗜好便与日俱增，有时还会发生这样的事：有一天，我去看他，无意间打开了实验室的门，只见百叶窗放了下来，房间异常昏暗，正面的墙壁上有一个方形的东西正在蠕动。我以为是我的错觉，便揉了揉眼睛，结果发现我并没有看错。

我站在门口，屏息凝视着那怪物。过了一会儿，那像雾一样的东西才变得清晰起来。带刺的黑色草丛中，那犹如脸盆般的眼睛瞪得大大的。茶色的虹膜，甚至眼白中的血管，就像柔焦照片一样，虽然模糊，但却清晰可见。还有那棕榈般的鼻毛、闪闪发光的鼻孔，鲜红得让人讨厌的嘴唇像两张坐垫一样重叠在一起，从唇间露出如白瓦般洁白的牙齿。也就是说，满屋子都是一张人脸在活生生地蠕动。这并不是电影，那沉稳的动作，以及鲜亮的色泽，一看就是某种活物。比起阴森和恐惧，我更怀疑自己是不是疯了，不由得发出惊叫。然后听到一声：

"别怕别怕，是我！是我呀！"

他的声音从另一个方向传来，把我吓了一跳，墙上的怪物的嘴唇和舌头也跟着声音动了起来，那双脸盆般的眼睛微微含笑。

"哈哈哈哈……这个主意怎么样？"

房间里突然亮起来，他从暗室里走出来。与此同时，墙上的怪物也消失得无影无踪。大家大概都猜到了吧，这是实物幻灯机……通过镜子、透镜和强烈的光的作用，把实物照在幻灯机上。儿童玩具中也常用到这个原理。他用自己独特的方法，做了一个异常大的装置，然后把自己的脸映在了那里。这听起来并没什么，却让人大吃一惊。嗯，对，这些都是他的兴趣所在。

第二次情况也差不多，但更让人觉得不可思议的是，这次的房间并没有特别昏暗，我也能看到他的脸。他把一个奇怪的、用镜子竖着排列的机器放在那里，然后他的眼睛就会像脸盆般大小，突兀地浮现在我眼前。被这家伙突然这么一搞，我像做了噩梦一样浑身僵硬，几乎晕厥。但是，如果把这东西掰开来看的话，就会发现这和刚才说的魔法纸币是一样的，只不过是用了很多凹面镜，把映像放大了而已。但是，即使知道这在理论上是可行的，也需要花费大量的费用和时间。从来没有人做过这么荒唐的事，也可以说这是他的发明。他接连不断地展示这样的东西，甚至让人觉得他是可怕的妖怪。

那件事后过了两三个月，他不知又想到了什么，把实验室划分成一小块一小块的区域，上下左右各贴上一面镜子，做成我们俗称的镜子屋。门啊什么的全都是镜子做的。他经常拿着一支蜡烛，独自在里面待很久。谁也不知道他到底为什么这样做。但我大致可以想象出他在里面会看到的景象。如果站在六面都是镜子的房间正中央，他身体的所有部分都会在镜子和镜子的相互反射下形成无限的映像。他的上下左右，一定有无数和他一样的人蜂拥而来，光是想想就让人觉得毛骨悚然。

小时候我在一种迷宫游戏中体验过镜子屋，虽然都是些充数的摆设。即便是那些摆设映射出来的模糊影子，也会让我感到恐惧。我太了解那感觉了，所以当他劝我进镜子屋时，我坚定地拒绝了他。

渐渐地，我发现进入镜子屋的不止他一个人。另外一个人是他的用人，同时也是他的女朋友，是一个十八岁的美丽姑娘。他总是这么说：

"那孩子唯一的优点，就是身上有无数个极其深沉的阴影。她的气色不错，皮肤很细腻，肌肉也富有弹性，但她最美的地方在于她身上阴影的深度。"他和那女孩儿一起，嬉戏于他的镜子国度。因为是在封闭的实验室里，又是隔着一块镜子的房间里，所以外头无法看到里头，但我听说他们有时会在那里待上一个多小时。当然，有时他也会一个人去。据说有一次，他在镜子屋里待了太长时间，而且一点声音也没有，他那女朋友担心得直敲门。这时，门突然开了，只见他一个人赤裸地走了出来，一言不发地朝正屋走去。

从那时起，他本来就不太好的身体状况，似乎一天比一天恶化了。然而，与身体衰弱成反比的是，他的怪癖越来越严重。他开始投入巨额资金，收集各种形状的镜子，凹面镜、凸面镜、波形镜、筒形镜，各种各样，类型极其丰富。偌大的实验室里，几乎要被每天搬运进去的变形镜填满了。不仅如此，令人惊讶的是，他竟在大院子的中央建起了玻璃工厂。那是他独特的设计，至于为何特殊，是因为他的产品在日本是独一无二的。工程师、工人等，他都会精心挑选，为此，他不惜倾家荡产。

不幸的是，竟没有一个亲戚出面劝阻。用人们中有人看不下去，忍不住说了几句。但只要有人表示不满，立刻就会被他扫地出门，剩下的都是贪图高薪水的卑鄙家伙。在这种情况下，我作为他唯一的朋友，无论如何都得设法安抚他，制止他的行动。不必说，我已经尝试劝过他好几次，可近乎疯狂的他哪里会听得进去。而且这事儿也并不是什么坏事，挥霍自己的家财别人也不能说什么。我只能干着急，提心吊胆地看着他的财产和生命一天天地流失。

于是，从那时起，我开始频繁出入他家。我想，这样起码可以监视一下他的行动。因此，在他的实验室里，他那千变万化的魔术，我即使看不下去也得看。这还真是一个令人震惊的奇幻世界。随着他的怪癖达到顶峰，他那不可思议的天赋也得到了淋漓尽致的发挥。我该用什么语言来形容那些走马灯般变幻莫测、完全不属于这个世界的奇异而美丽的景象呢？

镜子都是他从外面买回来的，不足的地方和外面买不到的东西，就用他自己工厂制造的镜子来弥补。他接连实现了自己的梦想。有时，我可以看到他的脑袋、身体或脚都飘浮在实验室的空中。不用说，这不过是魔术师的惯用伎俩，把巨大的平面镜斜插满整个房间，在其中的一面钻个洞，然后把脑袋和手脚伸出来。但由于进行表演的不是魔术师，而是我那病态的、认真过头的朋友，所以我不由得被一种异常的感觉所吸引。有时整个房间都狂舞着的他的身影，或巨大或渺小，或细长或扁平或弯曲；或者只有身体，或者只有头，或者一脸的眼睛，或者四片嘴唇上下无限延伸或缩小。那些影子又重复着、交错着，杂乱无章，简直就是疯子的幻想。

有时整个房间就像一个巨大的万花筒。机械装置在咯吱咯吱地不停旋转，数十尺的镜子拼成的三角筒中，是从花店收集来的奇花异草，可谓是万紫千红。就像吸食鸦片后的梦境一般，一个花瓣照映成一张榻榻米那样的大小，变化万千，时而变成缤纷的彩虹，时而变成极地的极光，覆盖了整个观者的世界。在这景象之中，他光着身体疯狂舞蹈着，露出巨大的毛孔，他的皮肤仿佛月球的表面般凹凸不平。

除此之外，还有各种各样的恐怖魔术，绝不亚于上面说的那些。在看到这些东西的瞬间，那种让人窒息、盲目的魔幻之美，我已无法用语言表达了。即使我说了，又有谁会相信呢？

这种疯狂状态持续了一段时间之后，终于迎来了可悲的毁灭。他——我最亲密的朋友，终于变成真正的疯子。一直以来，我都认为他的行为是不正常的。但尽管他表现得如此疯狂，他一天当中绝大多数时间还是一副正常人的模样。他读书，还拖着瘦弱的身体指挥玻璃工厂，只要见到我，他就会高谈阔论他那不可思议的唯美思想。谁能预料到他的人生会落得如此凄惨呢？也许，这是盘踞在他体内的恶魔的所为，又或者是神对他过于沉溺于魔界之美而发出的愤怒吧。

一天早上，我被他的用人急匆匆地叫醒了。

"不好了！夫人让您马上过去一趟！"

"什么不好了？！发生什么了？"

"我们也不知道。总之，您能不能赶紧过去一趟？"

用人和我都吓得脸色铁青，简简单单地问答了几句，连随身物品都没来得及带就奔向他的家。不用说，他肯定是在他的实验室。我冲进去一看，包括刚被称为夫人的他的情妇和用人在内，几个人都呆呆地站在那里，盯着一个奇怪的物体。

这个物体比杂耍的球要大上一圈，外面裹着一层布，它在宽敞的实验室里像个生物体一样左右滚动着。更可怕的是，从它的内部发出了一种说不清是动物还是人类的笑声般的吼声。

"这到底是怎么回事？"我只好抓住那个用人问道。

"我也不知道。我想里面的人应该是老爷吧，我是真的弄不清这么大的球是什么时候出现的。而且，我也不敢用手去碰……刚才也叫了老爷好几次，可是从里面传出来的只有奇怪的笑声。"

听到用人的回答，我立刻走近小球，想听听是从哪里发出的声音。在滚动的球体表面，有两三个透气的小孔。我把眼睛贴到那小孔上想一探究竟，但里面只有刺眼的光线，除了蠕动的东西和令人发狂的笑声之外，看不出什么来。我又叫了两三次他的名字，但不知道对方到底是人，还是其他什么东西，竟然没有一点儿反应。

我盯着滚动的球看了一会儿，突然发现小球表面的一处有一个奇怪的四方形的切口。那似乎是这个球的门，按下去会发出咔嗒咔嗒的声音，但因为没有把手，所以无法打开。再仔细一看，上面还留有金属孔，应该是把手。难道是人进去之后，把手掉了，门从外面和里面都开不了吗？这么说来，这个男人被关在球里一晚上了。那么，把手会不会落在附近呢？我环视四周，果然和我预想的一样，房间的一个角落里有一个圆形的金属零件，把它放在刚才那个金属孔上，尺寸正好吻合。但麻烦的是，把手断了，就算现在将把手插进洞里，门也打不开了。

但是，奇怪的是，被关在里面的人并没有呼救，只是在哈哈大笑。

"或许……"我意识到一件事，不由得脸色发青。但我已经没有思考的时间了，只能把这个球砸坏，总之，要先把里面的人救出来。

我立刻跑到工厂，找到一把大锤，又折回房间，朝着那个球使劲砸了过去。令人吃惊的是，里面好像是厚厚的玻璃，随着"咣"的一声巨响，玻璃碎裂成大量的碎片。

从里面爬出来的那个男人，毫无疑问，就是我的朋友。我果然猜对了。可是话说回来，人的相貌怎么会在短短一天之内发生那样的变化呢？昨天之前，他略显老态，那张紧绷的脸让人一看只觉得他有点神经质而已。可现在，他却像个死人似的，脸上所有的肌肉都松弛下来，头发乱糟糟的，布满血丝的眼睛也异常空洞，嘴巴张得很大，不停地哈哈大笑，简直惨不忍睹。就连他宠爱的女朋友也被他这副样子给吓跑了。

不用说，他已经疯了。不过，到底是什么让他发了疯呢？他只是被关在了玻璃球里，没见过哪个男人被关在玻璃球里就发疯的。首先，那个奇怪的球到底是什么东西，而他又为什么会在里面？因为在场的人都不知道玻璃球的事，所以恐怕是他命令工厂秘密制作的。但是他造这个玻璃球到底打算干什么呢？

他在房间里转来转去，笑个不停，好不容易才回过神来。他的女朋友流着泪抓住他的衣袖。就在他异常兴奋的时候，玻璃厂的技师正好来上班了。我不顾那技师的脸色，不停地追问发生了什么，他的回答总结起来大致如下。

那技师很早以前就接到命令，要制作三公分厚、直径约四尺的中空玻璃球。他秘密赶工，直到昨晚才终于完成。技师自然不知道玻璃球的用途，他按照我朋友那奇怪的吩咐，将水银涂在球的外侧，在其内侧装了一面镜子，内部安了几个强光小电灯，并在玻璃球的一处设置了一个能让人出入的门。完成后，他半夜把球运到实验室，给小电灯连上室内灯的线，交给我朋友后就回家了。除此之外他一概不知。

我让那技师回去了，并让用人看着我这疯狂的朋友。我望着散落一地的奇异的玻璃球碎片，郁闷着要如何解开这桩怪事中的谜团。我久久凝视着玻璃球，突然意识到，在他智力所及的范围内，他已经尝试了所有的镜子装置，并乐在其中，直到最后才发明了这个玻璃球。可能他想自己进到这玻璃球中，观察映在那里的神奇景象。

然而，他为什么会发疯呢？不，更重要的是，他在玻璃球内部看到了什么？他到底看到了什么？想到这里，那一瞬间，我感觉脊背仿佛被一根冰棒刺穿，这种无法忍受的恐惧，让我的心脏都变得冰冷了。他走进玻璃球里，闪闪的灯光下，满眼尽是自己的镜像，所以才发疯？还是说他想从玻璃球里逃出来，不小心折断了门把手，无法出来，在狭小的球体中苦苦挣扎着，终于发狂了？是什么让他如此恐惧呢？

常人无法想象，这个世界上曾经有一个人进入球体的镜子里。物理学家也不可能推算出球壁上会映出什么样的影子吧？也许那是常人难以预想的、让人恐惧和战栗的异空间吧！一个恐怖的恶魔的世界。在这个世界里，映射出的并非他自己的身影，而是别的什么东西。究竟是什么我们无法想象，总之一定是会让人发疯的镜像，充斥着他的世界，超越了他的极限。

我想你们一定知道凹面镜的恐怖吧。就像用显微镜观察自己一样，在噩梦的世界里，球体的镜子和凹面镜连成一片，包裹着我们的全身。光是这一点，就比单纯的凹面镜恐怖多了好几倍、几十倍。光这样想想，我汗毛都竖起来了。那是由凹面镜构成的小宇宙。那不是我们的世界，一定是疯子的世界。

我那位不幸的朋友，因为他对镜子的狂热和偏执，而在不该走极端的事情上走了极端。不知是触怒了神，还是受到了恶魔的引诱，他最终走向了毁灭。

　　在那之后，他就疯了，然后离开了人世，所以我也无法确认事情的真相。不过，至少在我看来，他冒犯了球体内部的什么东西，最终落得个发疯而亡的悲惨结局——这种推测，现在我依旧深信不疑。

目罗博士不可思议的犯罪

一

为了寻找侦探小说的灵感，我经常四处溜达，但如果不离开东京，大抵上也就那么几个去处罢了：浅草公园、花敷屋、上野的博物馆和动物园、隅田川的公共蒸汽船、两国国技馆（那里的圆屋顶使人联想到昔日的全景馆[①]，让我为之着迷）。现在我也是刚从国技馆观赏完"化妆大会"

[①] 全景馆是距今 200 年前，由英国发明家莱斯特设计建造的。在直径几十米的圆形建筑内壁上绘制着无缝透视画作，观众可在中央的观景台眺望周围的画作。

回来。时隔多年再次钻入八幡不知薮①，让我沉浸在对孩童时期的怀念中。

这次的故事要从我某天在上野动物园和一个怪人的邂逅说起。那时，我因被催稿催得厉害，在家中坐立难安，一周的时间都在东京市内闲逛。

当时已是傍晚，临近闭园时分，游客们大都已经离开，园内一片寂静。

不论是剧院还是曲艺场，江户人总介怀于存鞋处的拥挤不堪，连最后一幕都等不及看完便急哄哄离开，但这不是我的风格。

动物园也不例外。东京人不知为何总是急于赶回去，门都还没关，园内早已空荡荡的，连个人影儿都看不到。

我出神地伫立在圈着猴子的围栏前，享受着园内异样的安静，就在刚才这里还是熙熙攘攘的。

猴子们似乎也因没有游客逗耍，静静地待着，显得十分孤寂无聊。

四周太过寂静，不一会儿，当我突然意识到背后有人时，不禁一阵毛骨悚然。

---

① 千叶县市川八幡，过去有一片传说一进去就出不来的竹林，称为"八幡不知薮"，后来指容易让人迷路的竹林或迷宫。此外，有时候人们把四处都插有可怕情景画或以活人偶表现幽灵场面的迷宫称为八幡不知薮。明治十年左右起，八幡不知薮成为一种展览设施大为流行。

那是一个长发耷拉、脸色苍白的年轻人，他穿着皱巴巴的衣服，看起来像个流浪汉，但面色却十分愉悦，正逗弄着围栏里的猴子。

可以看出他经常光顾这家动物园，逗起猴儿来相当拿手。只用一个饵料，就能引得猴儿给他表演各种才艺，他玩到尽兴了才将饵投出去，看起来很是有趣。我在旁边默默地笑着，一直看着他在那里耍猴。

"猴子为什么总爱模仿呢？"男子突然朝我开口道。他将橘子皮往上抛出又接住，抛了又接。围栏里一只猴子也学着他的样子，抛接着橘子皮。

我笑了笑，他又说道："模仿，细想之下还真是恐怖呢。神竟然赐予猴子这种本能。"

我心想，他还是个哲学家流浪汉。

"猴子模仿让人觉得滑稽，但人模仿却不可笑。神也赐予人和猴子一样的本能，想想真是可怕呢。你听说过在山中偶遇马猴的旅人的故事吗？"

男子像是个话痨，喋喋不休。而我素来认生，不喜与他人攀谈，但这名男子却莫名引起了我的兴趣。可能是他苍白的脸色和一头蓬发吸引了我，也可能是我喜欢他那哲学家式的说话方式。

"不知道。那马猴是有什么不对劲吗？"我主动接过话茬。

"在某座荒无人烟的深山中,一名独自旅行的旅人遇到了一只马猴,腰刀被抢走了。马猴抽出刀,甚是好奇地挥舞着朝旅人走来。旅人是名商人,当时手无寸铁,眼看命将不保。"

黄昏的猴子围栏前,面色苍白的男子讲述着奇妙的故事,这样的情景令我心生喜悦。我"嗯、嗯"地应和着。

"旅人想要将刀拿回来,但对手是只善于爬树的猴子,根本无从下手。不过,这名旅人十分机智,想出了一个妙点子。他捡起周边地上的一根树枝当刀,摆着各式动作。可悲的猴子受神明赐予的模仿本能所驱使,开始逐一模仿起旅人的动作,最终走向了自杀的死局中。原来旅人看那马猴玩在兴头上,便用树枝不停地敲打自己的脖颈儿。猴子模仿旅人的动作,竟也不停地用刀敲打起脖子,直至血流不止了,还依旧拿刀砍着脖子,最终毙命。这名旅人不仅拿回了自己的刀,还得到了一只马猴作为纪念品。哈哈哈哈……"男子说完就笑了,笑声诡异又阴沉。

"哈哈……怎么可能!"

我一笑,男子却突然严肃起来。"不,这是真的。猴子的宿命就是如此可悲,不如来试试看吧。"

男子说着便捡起身边的一根树枝丢向一只猴子,自己则用随身携带的手杖做出割喉咙的动作。

接着,发生了什么呢?他似乎很擅长戏耍猴子,只见猴子捡起树枝,抵着脖子"咯吱咯吱"摩擦起来。

"瞧,要是那根树枝是真刀呢?这只小猴儿早就命丧黄泉了。"

偌大的动物园空无一人。枝叶繁茂的树下,夜色阴翳。我内心不由得泛起一阵阵恐惧。站在我面前的这个脸色苍白的年轻人仿佛不是普通人,而是一个巫师。

"你了解模仿的可怕吗?人类也如此。人,生来就背负着必须去模仿的可悲且可怕的宿命。不是有个叫塔尔德的社会学家甚至用'模仿'二字来概括人类的生活吗?"

我现在已不记得具体细节了,但青年在那之后,继续大谈特谈自己对"模仿"的恐惧之情。此外,他对镜子也有一种不寻常的恐惧。

"当你一直盯着镜子的时候,难道不会感到害怕吗?我认为没有什么比这瘆人的了。为什么它如此可怕?因为在镜子那边有另一个你,像猴子一样在模仿着你。"印象中他还说过这样的话。

动物园关门的时间到了,工作人员催促我们离开。出去后我们依旧在一起,走在夜幕已经完全降临的上野森林的小路上,边走边聊。

在漆黑的林间小径上,突闻此言的我一个激灵。对方的身影变得深不可测且让人恐惧。同时,我对他的兴趣也愈发浓厚。

"我很爱读你的作品。不过最近的那本,老实说不是很有趣,也许是以前的那本太精彩了吧,我非常爱读。"

男子很是直率。这点让我颇有好感。

"啊,月亮出来了。"

青年的话语,动不动就发生急剧的跳跃。忽然间,我又忍不住怀疑这家伙莫不是个疯子。

"今天是十四吧。天上的月亮几乎是满月呢。所谓月光倾泻,大概就是现在这番景象吧。月光是多么奇异啊!我曾在一个地方读到过,月光会施展妖术,不曾想还真是呢。同样的景色,月光下和白天时截然不同。你的脸也是如此。你看起来与我方才看到站在猴笼前的你完全是两个人。"

男子这么说着,凝视着我的脸,看得我内心直发毛。他那阴翳的眸子、泛黑的嘴唇,让人心生奇妙的恐惧感。

"说起月亮,它和镜子颇有渊源。水月和'以月为镜'等词句都证明了月亮和镜子之间有共通之处。你瞧,这处景色。"

他所指之处是不忍池,池面看起来似乎是白日里的两倍大，氤氲着一层银黑色的雾气。

"你不觉得白日里的景色才是真实的，现在月光照射下的则是白日景色的倒影吗？"青年又说道，他自己也像镜子里的影子一样，姿态朦胧，脸色苍白。"你不是在寻找小说的灵感吗？我有一段亲身经历，特别适合成为故事素材。你要听听吗？"

事实上，我确实在寻觅写作灵感。但除此之外，我也想听听这个奇特男子的经历。从他的语气来看，这绝非一个普通乏味的故事。

"愿闻其详。不如先去吃顿饭。找个清静的地方慢慢聊。"

我刚说完，他便立刻摇了摇头。

"我并非假意客套，我这人很直接的。这个故事其实不适合在明亮的灯光下来讲，如若你不介意，我们就坐在这里的长椅上，沐浴着能施展妖术的月光，眺望着巨大镜子映射出的不忍池，听我慢慢道来如何？故事并不长。"

我相当欣赏这个年轻人的品位。于是，我和他并肩坐在树林里的一块废弃石头上，从山坡上俯瞰着池塘，听他讲述离奇的故事。

二

"柯南·道尔有一部小说叫《恐怖谷》，对吧？"青年猝然起头道，"那是险山峻岭形成的峡谷。不过，恐怖谷并不全是自然峡谷。东京正中央的丸之内也有可怕的峡谷。

"一座座高楼大厦耸立在狭长的街道两侧，这里的'峡谷'可比自然界的峡谷陡峭阴森得多。这是文明的沟壑，一个由科学造就的谷底。从谷底的道路抬头仰望，两侧六七层煞风景的水泥建筑不像天然的断崖那样有绿叶和应季绽放的花朵，以及让人赏心悦目的起伏，相反，这里仿佛用斧头劈开的巨大灰色裂缝，上方只有一线天空。一天之中只有几分钟能受到日月的照拂。谷底昏暗，仿佛在白日都可以望到星星。谷间不断袭来不可思议的冷风。

"大地震之前，我就住在一个类似的峡谷中。建筑正面面向丸之内的S大街。前面非常明亮宏伟，可绕到背面去，就与另一座大楼背靠背了。两座裸露着混凝土、带窗子的悬崖，夹着一条只有两间宽的通道。所谓都市幽谷，指的就是这里了吧。

"大楼里的房间商住两用，除少数用于居住外，多数被租来用作办公，夜间基本人走楼空。白日里热闹非凡、人声鼎沸，到了晚上却呈现出另一番空谷寂寥的惨切。虽说是丸之内的正中央，却给人一种深山老林的错觉，甚至让人恍惚以为会有猫头鹰突然鸣叫。刚提到的大楼背面，一到夜里，也变成彻彻底底的峡谷。

"白天我在那里当门卫，晚上就住在楼下的地下室。虽然有四五个同住的室友，但我喜欢绘画，一有时间就一个人待着，在画布上涂涂画画。自然地，大多数时候我都无暇和其他人交谈。

"我要讲的故事就发生在刚才提及的后面的峡谷中，所以在此有必要稍微讲一下那里的情况。那些建筑中暗藏着一些奇怪的、令人毛骨悚然的巧合。说是巧合，却也实在巧得过头，让我不禁怀疑是设计大楼的工程师一时兴起的恶作剧。

"说起来，其中有两座建筑格局相差无几，都是五层楼高。尽管正面、侧面的墙壁颜色、装饰完全不同，但峡谷的背面却别无二致。从屋顶形状、灰色墙壁，以及每层四扇窗户的构造来看，宛如翻拍的照片一样对称。没准儿连混凝土的裂缝，也是同样的形状。

"面朝峡谷的房间，几乎每日只有几分钟时间（这么说或许稍显夸张）晒得到阳光，因此鲜少租得出去，尤其是最不方便的五楼，总是空空如也。所以闲暇时，我经常拿着画布和画笔钻进那里进行创作。而每次透过窗户往外看时，我都感觉对面的建筑物简直就像镜像一般，诡异至极，难免心生一种不祥的预感。

"随后，我的预感很快得到了印证。五楼北边窗户的屋子，有人上吊了。而且，相继发生了三起上吊事件，相隔时间都不长。

"第一个自杀者是一名中年香料代理商，自他第一次来租房时起，就给我留下了深刻印象。此人分明是个商人，却性格阴郁，总是一副若有所思的模样。我想，也许他会租一间面向后面峡谷、不太敞亮的房间。果不其然，他选择了五楼北端最偏僻（用偏僻来形容稍显奇怪，但是确实如此）、最阴暗、同时租金也最低廉的两居室。

"让我想想，大约一周后吧。他上吊自杀了，总之没过多久。

"这名香料代理商是个单身汉，所以将租屋其中一间当作卧室，摆了一张廉价床。夜晚独自一人睡在里面。那房间就像一个隐蔽的岩洞，镶嵌在俯瞰幽谷的阴森悬崖上。他于某个月光皎洁的夜晚，在窗外挂电线的横木上套绳上吊了。

"翌日清晨，负责那一带清扫的清洁人员发现了断崖顶上摇摇荡荡的尸体。他的死之后引起了不小的骚动。

"至于他为何自杀，最终却没了下文。警方多番调查发现，他既无生意债务的纠纷，亦因单身而无家庭方面的烦恼，更不涉及为情所困要自寻短见。

"'肯定是受了诅咒，那人刚来时，我就觉得他阴沉得古怪。'人们议论纷纷，如此解释这个谜团。事情也就告一段落。没过多久，那间屋子便有了新的租客，虽然不住在那儿，但某天晚上说要处理工作，便彻夜都待在里面。翌日清晨，那名租客被发现以同样的方式自缢。

"他的死因也是不清不楚。与香料代理商不同，这次的自杀者性格极为活泼，之所以租这间阴暗的房间，也仅是因为租金便宜而已。

"恐怖谷中打开了诅咒之窗。一进入那个房间，人就会毫无理由地寻死。这样怪谈般的传言不胫而走。

"而第三名死者，不是普通的租户，他是大楼里的一个胆大的文员，自称要去会一会这个诅咒之窗，激动得如同要去鬼屋探险。"

青年讲到这里正欲继续，可他的故事却让我有些提不起兴趣，于是我插嘴：

"所以这位豪杰也是以同样的方式自杀的吗？"

"没错。"青年面带惊讶地看着我的脸，不快地说。

"一人自杀后，在相同地点，相继有人自杀。这便是你说的模仿本能的恐怖之处？"

"哦？所以你觉得无聊了？并非如此，事情远比这有趣得多。"

青年松了一口气，纠正了我的错误想法。

"这可不是一个因受诅咒而不断有人死去，那种司空见惯的故事。"

"抱歉，失敬失敬。还请继续讲下去。"我连忙为刚才的误解道歉。

三

"胆大文员连着三晚独自待在那间邪门的屋子里，安然无恙。他一副驱魔大功告成的做派，神气十足。于是，我对他说：'你待的那三晚可都是阴天，月亮没有出来哟。'"

"哦？那些自杀事件与月亮有何联系吗？"他的话令我很是震惊，我反问道。

"难道没有吗？你没有发现吗？不管是最初的香料代理商，还是上一位租客，皆死在月光皎洁的夜晚。如果月亮不出现，就不会发生自杀事件。而且，这两起自杀恰巧就发生在银色妖光照射'峡谷'的几分钟内。一定是月光在作怪，我确信。"

青年一边诉说，一边抬起惨白的面庞，望向脚下被月光包裹的不忍池。

池边的景色倒映在青年所谓的巨大镜子中，苍白、妖媚地横在我们面前。

"凶手就是它，这不可思议的月光妖术。它诱发了人某种如冷焰火一般阴郁的激情，让心像磷一样燃烧。正是这种神秘的激情催生了诸如《月光曲》等作品。纵使不是诗人，也能透过月亮感受到无常。如果说有所谓的'艺术的疯狂'，那么月亮就是有一种魔力，能引人进入这'艺术的疯狂'之境。"

青年的描述令我语塞。"你是说月光指使人自杀？"

"没错。月光的罪过只占一半。因为月光不会令人马上自杀。倘若月光能杀人，现在满身沐浴月光的我们岂不也要去悬梁自尽了？"

青年被池面照映得脸色苍白，他"喋喋喋……"地笑着，而我就像听到鬼故事的孩童一般，汗毛战栗。

"那位胆大的文员第四晚继续睡在受诅咒的屋子内。不幸的是，那晚月光皎洁无瑕。

"夜半时分，我在地下室的被窝里突然醒来，瞥见自上方采光窗透进来的月光，瞬间心头一惊，忍不住起了床，顾不得身上只有一件睡衣便急匆匆顺着电梯旁边狭窄的楼梯跑上了五楼。你无法想象午夜时分的大楼在没有了白日里的喧嚣后,是多么萧索而阴森。那是一座拥有数百个小房间的大墓地,宛如传说中的罗马地下墓穴。大楼里并非完全黑暗,走廊等地方还有光亮,不过,昏暗的光线反倒使得恐怖的氛围愈发浓重。

"终于抵达了五楼的那个房间。我突然对自己像梦游者一样徘徊在如废墟般的大楼里的行为心生恐惧。于是,我疯狂敲击那扇受到诅咒的房门,呼喊那个文员的名字。

"然而,门内无任何响应,只有我一人的声音回荡在走廊,消失在空气中。

"我转动把手,门毫不费力地开了。屋内角落里的大桌子上,一盏蓝色雨伞状的台灯孤零零地亮着。借着灯光,我环视四周,屋内竟没有一个人,床上也空空如也,可窗子却大开着。

"窗子外,对面大楼的五楼中间向上至屋顶,沐浴着即将遁逃的月光的最后一道光芒,于朦胧中闪烁着白光。在这扇窗户的正对面,有一扇同样的窗户也敞开着,宛如一张漆黑的大口。两座大楼在妖艳月光的照耀下看起来更相似了。

"不祥的预感使我颤抖不已。为了确认清楚,我将头伸向窗外,可我没有勇气看向两旁,于是先看向远处的某个谷底。月光只照射到另一侧建筑的上部,建筑之间的缝隙漆黑一片,深不见底。

"然后,我将不听使唤的脖子硬往右一点一点扭过去。建筑物的墙壁虽然被阴影遮住,但由于有对面月光的反射,还不至于看不清东西的形状。随着视线慢慢转移,果然看到了那个我脑中所想的画面:穿着黑色西服的男人的脚、耷拉着的手臂、僵直的上半身、被绳子深深勒住几乎折成两半的脖颈儿、下垂着的头颅。胆大文员果然中了月光的妖术,于那处电线的横木上自缢了。

"我赶忙把脖子从窗子外拉了回来,害怕也受到妖术的蛊惑。然而,在我缩回脖子的刹那,视线无意间掠过对面那扇同样敞开的窗户。那漆黑的四方洞穴内,竟然出现了一张人脸。在月光的反射下,仅有一张脸突兀地浮现出来。纵使在月光下,也能看出那脸庞枯黄瘪皱,甚至崎岖畸形,令人生厌。那家伙是一直在盯着我看吗?

"我吓了一跳,一瞬间呆住了。这太不可思议了。为何这么说呢?或许我还未提及过,对面那栋大楼的业主和担保银行正在打官司,当时那栋楼全是空的,无一人居住。

"深更半夜,空房内出现不明人士,正对着上吊者的窗子,那个脸色蜡黄、鬼怪般的人在窥探。这件事绝不一般。是我的幻觉吗?那个蜡黄脸家伙的妖术会不会让我也想要轻生呢？

"我被吓得一哆嗦，后背袭来阵阵寒意，目光无法离开对面那个家伙。仔细一看，那是个身形瘦削、个头不高、大概五十多岁的老头。他一动不动地盯着我，没一会儿竟别具深意地大笑起来，倏地消失在黑暗中。他脸上不怀好意的笑简直令人生厌，他笑起来面部走形，满脸皱褶，只有嘴巴裂开似的往两边扯。"

四

"第二天，我咨询了同事以及其他事务所的勤杂工，得知对面大楼确实空置着，晚上连个看门的人都没有。果然是我的幻觉吗？

"对于接连三次毫无理由、离奇古怪的自杀事件，警察也进行了初步调查，但都因没有其他疑点而不了了之。不过，我并不相信在那间屋子里过夜的人全都疯了这种荒唐的解释，这不科学。那个脸色蜡黄的家伙真是狡猾，一定是他杀了那三个人。胆大文员自缢的那晚，那家伙就在正对面的窗户里窥视，还对我不怀好意地笑。我确信其中必定隐藏着什么可怕的秘密。

"一周后，我有了一个惊人的发现。

"某天我出去办事回来,走在那座空楼正面的大街上。楼旁有一座叫三菱某号馆的老式砖砌建筑,是连栋的小型长屋式出租事务所。有位绅士身形矫健地迈向通往其中一间事务所的石阶,他引起了我的注意。

"那是一位身着晨间礼服、身材矮小、有点驼背的老绅士,但他的侧脸总让我觉得似曾相识,于是我便驻足凝望。那位绅士在事务所门口擦鞋,突然转头看向我。我顿时瞠目结舌,吓得忘了呼吸。因为这位衣着讲究的老绅士就是我那晚在空置大楼窗户里看到的黄脸怪物。

"绅士走进事务所后,我望向那块金字招牌,上面赫然写着'目罗眼科,医学博士目罗聊斋'。我叫住旁边的车夫,确认了刚才进去的人就是目罗博士。

"一个医学博士,于深夜潜入空荡荡的大楼,对着一具被吊死的尸体怪笑,这古怪的行径该如何解释呢?我不禁产生了强烈的好奇心。从那以后,我便有意向更多人打探目罗博士的经历和日常生活。

"他虽然是个老博士,但却不怎么出名,似乎也不善经营,已经到了晚年,仍旧在租借的事务所里行医执业。他为人古怪,对待患者十分冷漠,有时甚至看起来像个疯子。而且他无妻无子,一直独身,生活起居都在事务所里。传闻他博览群书,除医学专业书籍之外,还收集了不少古老的哲学书，以及心理学、犯罪学相关的书。

"'诊室的里屋里有一个玻璃箱，里面摆满了各种形状的义眼，就那么摆成一排，上百颗玻璃眼珠一直盯着你，那阵势真叫人毛骨悚然。还有骷髅和真人大小的蜡像，两三个站成一排，眼科为什么需要这些东西呢？'

"我上班的那栋大楼里的某个商人，跟我讲述了他接受目罗博士检查时的奇异经历。

"从那以后，只要得闲，我便时常关注目罗博士的动静。另外，偶尔我也向空置大楼的五楼窗户望去，但没有发现任何异常。那张蜡黄色的脸再也没有出现过。

"无论如何目罗博士都很可疑。那晚从对面窗户窥视的蜡黄脸庞，绝对是他。可他的嫌疑在哪里呢？假设那三起上吊事件并非自杀，而是他策划的杀人事件，那么，动机呢？作案手段呢？如此一想，就突然陷入了僵局。尽管如此，我仍旧笃定目罗博士就是那些案件的真凶。

"这件事情每天都萦绕在我脑海里。有一次，我甚至爬上他事务所后面的砖墙，透过窗户窥探他的私人房间。里面果然摆着骷髅、蜡像和装有义眼的玻璃盒。

"但我怎么也想不通。隔着峡谷，对面楼里的人到底如何操纵受诅咒房间里的人呢？催眠术吗？不，这不可能。据我所知，催眠术中诱人死亡的暗示是不起作用的。

"不过,最后一起上吊事件发生半年后左右,我终于逮到一个机会证实了我的怀疑。那间受诅咒的房间有了新租客。他从大阪来,从未听说过那些恐怖的事。大楼的所有方想尽快将房子租出去,所以没透露任何相关信息便和租客签了约。我想他们应该从未预想过,半年后同样的事情还会再次发生吧。

"但是,我坚信这个租客一定也会上吊自杀,所以想要防患于未然。

"从那天起,我撇开工作,只盯着目罗博士的举动。终于,我勘破了目罗博士的秘密。"

五

"第三天傍晚,目罗博士偷偷摸摸溜出来,连出诊包都没拿,就徒步往诊所外走,当然,这些没能逃过躲在暗处的我的眼睛。于是,我立即尾随上他。出乎意料的是,他走进了附近一栋大楼的知名服装店,从一大堆衣服中挑选了一套西装后便返回了。

"即便生意再不景气,堂堂一个医生也不可能沦落到穿廉价成衣的地步。如果是工读学生的衣服,也无须劳驾博士偷偷去买。这家伙果然不对劲,他拿那套西装到底意欲何为呢？我恨恨地注视着目罗博士消失在诊所门口，伫立了片刻，突然意识到，可以从刚才提及的那堵后面的围墙的窗户窥见目罗博士的私人房间，说不定会有什么意外收获。

"于是，我立马赶往诊所后方。爬上围墙一看，目罗博士果然在房间里。显然，他的举止十分可疑。

"你猜这个蜡黄脸色的医生正在房间里做什么。还记得我说过的那个真人大小的蜡像吗？他正在给蜡像穿刚买的衣服，那上百颗玻璃眼珠正目睹着这一幕。

"说到这里，身为侦探小说家的你已然明白了吧？"

那时的我，瞬间恍然大悟，为这位老医学家惊为天人的离奇构思惊叹不已。

"目罗博士为蜡像置办的新衣，从颜色到花色，竟和那间受诅咒房间的新租客的穿着一模一样。博士特意从一堆成衣中找出这些衣服，买了回来。

"不能再坐视不理了。今晚恰好是月夜，那可怕的上吊事件恐怕会再度发生。得想想法子，必须得想想法子。我着急得直跺脚，拼命想着办法。啊，有了，我想到一个连自己都惊叹的绝佳点子。你听完也一定会拍手称快的。

"我做好万全准备，静等着夜幕降临，入夜后便抱着一个大包袱前往受诅咒的房间。新来的租客夜晚就会回家，门已经上锁。不过，我有备用钥匙，打开门便朝房间内的桌子走去，伪装成晚上要加班的样子。那盏蓝色雨伞外形的台灯照射着伪装成租客的我。我身着和租客相似的衣服，那是我从同事那里借来的，发型自然也特意梳成了一样的。我背对着那扇窗户一动不动。

"没错，我如此大费周章，就是为了告诉对面窗户里那个蜡黄脸色家伙有人在这间屋内。但我绝对不会回头，绝不给他一丝可乘之机。

"我差不多待了三个小时，依然安然无恙。我猜中了？计划成功了？真是让人焦急难耐又紧张不已的三个小时。要不回头看一下，就一下？其间不知多少次，我差点就按捺不住回头的冲动了。终于，时机来了。

"手表指向十点十分。'咕咕噜、咕咕噜'，外面传来两声猫头鹰叫声。哈！这就是信号吧？利用猫头鹰的叫声，引人看向窗外。在丸之内的中心听到猫头鹰的叫声，任谁都会忍不住想要一探究竟吧？识破对方的计谋后，我毫不犹豫地站起来，打开那扇窗子。

"对面的建筑笼罩在月光下，闪耀着银灰色的光。如之前所说，两栋建筑的构造完全一致。那感觉太诡异了，我无法向你描述当时的感受。我眼前仿佛出现了一面巨大的镜子墙，里面反射出我所在的建筑。相似的结构，再加上月光的妖术，效果极其逼真。

"我看见自己所处的窗户出现在正前方，玻璃窗也同样敞开着。还有我自己……啊？这镜子真是诡异，怎么照不到我的身影呢？突然间，我产生了这个疑问。有种魔力引我进入这个思维的怪圈，这就是那令人毛骨悚然的陷阱。

"咦，我去哪儿了？我本应站在窗前的呀！我不受控制地东张西望，寻觅自己的身影。

"猛地，我发现了自己。可我并不在窗子里，而是在外面的墙壁上，身体被一根细绳吊在外面的横木上。

"'啊，原来如此。我在那儿呢。'这话听起来或许很可笑，可那种感受我难以用语言表达。就像是噩梦，没错。噩梦中，你会不受控制地做出非意志性的行为。自己明明睁着眼，可镜子里的眼睛却闭着。怎么办呢？我也要跟着闭上眼吗？

"换言之，为了和镜中的情形保持一致，我不得不上吊。对面的自己上吊了，作为真身的我无法悠闲地站在那里。

"我上吊的样子一点不可怕，也不丑陋，竟有种美感，宛如一幅画卷，而我的心里也有股想成为那幅美丽画卷的冲动。

"如果没有月光妖术的辅助，目罗博士的这个梦幻般的诡计或许毫无作用。

"如你所想,博士的把戏很简单,不过是将蜡人扮得同这所房间的住户一样,把蜡人吊在与这边电线横木相同的位置上,再用细绳绑住蜡人。

"结构完全相同的建筑物和神秘的月光给它带来了奇妙的效果。

"这个把戏极其恐怖,就连已有心理准备的我都差点儿一时不察,一只脚踩上窗台上时,才蓦然惊醒。

"我如同从麻醉中醒来一般,抵抗着令人难以自持的恐惧,打开事先准备的包袱,凝视着对面那扇窗。

"这几秒钟令人如此期待。我赌对了。那张蜡黄色的脸,也就是目罗博士,他从窗口探出头来张望。

"守株待兔已久的我怎么会错过这一瞬间呢?我两手抱起包袱中的东西,让它坐在窗台上。

"你知道那是什么吗?没错,也是蜡人。是我从服装店借来的一个人形模特。而且,我给模特穿上了晨礼服,就是目罗博士常穿的那种款式。

"当时,月光直射谷底附近。由于反射,这边的窗户也被照得泛白,周遭清晰可见。

"我怀着决一死战的心情,凝视着对面窗户里的怪物,心里使劲呐喊:畜生,照着做呀!照着做呀!

"然后呢?神明果然赐予了人和猿猴一样的宿命。

"目罗博士也中了自己设计的诡计。矮小的老头可悲地摇摇晃晃地跨过窗台,学着模特坐在窗台上。

"而我充当起傀儡师,站在人形模特的后面操控。我举起模特的手,对面的博士也举起了手。模特脚一晃,目罗博士也跟着动。

"然后你猜我接下来做了什么?

"哈哈哈……我杀人了!

"我从后面一把将坐在窗框上的人形模特推了下去。模特'砰'的一声消失在了窗外。

"几乎同时,对面窗户上身着晨礼服的老头,也像模特一样,迎风而下,坠入了一个遥远的谷底。

"接着,隐隐约约传来'啪嚓'一声,像是东西摔碎了一样。……目罗博士死了。

"我脸上露出那张蜡黄脸庞上曾浮现出的那种丑陋笑容,右手握着绳子往上提,方才掉下去的模特哗啦哗啦地越过窗台回到了屋内。

"如果落下这人形模特可就麻烦了,我可就脱不了干系了。"

故事说到这里,像那个脸色蜡黄的博士一样,青年露出了令人毛骨悚然的微笑,直勾勾地打量着我。

"至于目罗博士的杀人动机,我想无须多言了吧?即便毫无动机，人也会为了杀人而杀人，这点作为侦探小说家的你应该再清楚不过了。"

青年说着站起身来，假装没听到我的挽留，快步向另一侧走去。

我望着他消失在雾霭中的背影，沐浴着朦胧的月光，恍惚地坐在石头上动弹不得。

与青年的邂逅，他诉说的故事，甚至是他本人，是否也是他所谓的"月光妖术"制造出的幻象呢？我疑惑不已。

一张收据

上

"那个,我也有所耳闻。这是最近发生的一桩奇事。大家对此议论纷纷。不过,应该没有你知道得详细吧?要不说来听听?"一位年轻的绅士一边这样说着,一边把滴着鲜血的刺身放进了嘴里。

"好吧,那我讲讲吧。服务员,给我再来杯啤酒!"另一名身形端正、头发却乱蓬蓬的青年开始讲述这件不可思议的事情。

"那件事情发生在大正某年十月十日凌晨四时,地点是小镇的郊外,富田博士府邸后面的铁轨沿线就是事发现场。冬天的(不,或许是秋天,但这不重要)的拂晓,天蒙蒙亮，去往东京的第X号列车打破了这份寂静，一路飞驰而来。但不知为何，突然响起了尖锐的警笛声，紧急制动器的力量使列车猛地停了下来，但不幸的是，在列车尚未完全停下来之时，有一位妇人被轧毙命。我去看了现场，第一次目睹这样的场景，心里很不舒服。

"这位妇人就是博士的夫人。接到列车员的紧急通知，警察来了。看热闹的人们也蜂拥而至。不知是谁给博士家报了信儿，接到讯息的博士和仆人都惊慌失措地赶到了这乱糟糟的现场。正如你知道的那样，当时是清晨，我出门闲逛，去常去的地方散步，正好碰上了这场骚乱。接下来开始进行尸检，法医模样的男子检查了伤口，一番查看后，尸体马上就被抬到博士家去了。在旁观者看来，事情似乎就这样告一段落了。

"我看到的仅此而已。接下来是我结合报纸上的相关报道以及我个人想象所做的论述，还请知晓。根据法医的判断，死者的死因自不必说，是列车将其右大腿轧断所致。至于事发原因，从死人的怀里得到了一个非常有力的线索，说明了这一点。这是夫人写给博士丈夫的一封遗书，里面写的是：她长年患肺病，苦不堪言，也给周遭的人添了不少麻烦，她已无法忍受，故选择结束自己的生命。内容大致就是这样。这种案子实在是司空见惯。如果不是一位神探出现，也许故事到此就结束了，博士夫人厌世自杀云云，只会是报纸不起眼角落里的一个小故事。但多亏了这位神探，我们才有这么好的话题可聊。

"这位神探就是报纸上大肆赞美的刑警黑田清太郎，他是一位奇人，就是大家平素在侦探小说里读到的那种奇怪的家伙。当然这只是我一个外行人的看法。黑田清太郎就像外国侦探小说中所描述的那般，像狗一样趴在地上闻来闻去。随后，他走进博士府邸，向主人和仆人提出各种各样的问题，用放大镜仔细查看每一个房间的每一个角落。我们且当这是最新的侦察技术吧。然后，他走到长官面前，说道：'看样子，我还必须再仔细检查检查。'话音刚落，大家的神色就紧张起来，当下决定先去解剖尸体。尸体被移至大学医院，由某某医生主刀，解剖后一看，黑田神探果然没有推断错。有迹象表明她在被轧死前服用了某种毒药，也就是说，有人毒死夫人后，将她的尸体运到了铁轨上，伪装成是自杀，实际上此人犯了可怕的杀人罪。当时的报纸以'罪犯究竟是谁'这样激动人心的标题引起了众人极大的好奇心。于是，检察官传唤黑田刑警，进一步调查取证。

"黑田刑警一副煞有介事的样子，拿出的证据中，一是一双短靴，二是用石膏采集的脚印，三是几张皱巴巴的废纸，是不是有点侦探小说的意思？根据这三样证据，黑田主张博士夫人不是自杀，而是被他人所杀害。而那个杀人者，竟然是她的丈夫富田博士！怎么样，是不是越来越有趣了？"

说话的年轻人露出一丝狡黠的微笑看着对方。然后，他从里面的口袋中取出一个银色的香烟盒，熟练地拿起一根香烟，然后"啪"的一声合上了香烟盒。

"是的。"对面的年轻人回答道，接着擦火柴为正在讲述的年轻人点着了烟，继续说道："你说的这些我也知道，不过，那位叫黑田的男人是用什么方法发现凶手的？这才是最值得一听的呢。"

"这真的是一部很好的侦探小说。依据黑田所说，之所以怀疑是他杀，是因为法医曾表示死者伤口的出血量出乎意料地少。这是一个非常细小的点。大正某年某月某日某个镇上，杀害老母亲的事件中，死者也是这样的情形。侦探术的宗旨是该怀疑的时候就得怀疑，而且要对每一个怀疑的点进行周密的勘察。这位刑警似乎也深知这一点，于是当下便进行假设：一位身份不明、不知道是男是女的人给这位夫人下了毒药，然后把夫人的尸体带到了铁轨上，等着火车把尸体压碎。如果是这样的话，铁轨附近应该会有搬运尸体留下的痕迹。他是这么推断的。对刑警来说幸运的是，发生碾轧事件的前一天晚上，一直下着雨，地面上留下了很多清晰的脚印。果然，在附近发现了前一天夜里雨停到发生碾轧事件的凌晨四点多间留下的脚印，所以刑警就像刚才所说的那样，像小狗一样趴在地上。现在，我来画一张现场的示意图吧。"左右田——这是那位讲述故事的青年的名字，说着从口袋里掏出小笔记本，用铅笔迅速画出草图。

"铁轨比地面稍高，两侧的斜坡上长满了草。铁路和富田博士家的后门之间有一片很大的空地，对，就像是网球场一样的空地，里面混着小砂石、寸草不生的空地。残留的脚印就是在这处空地被发现的。铁轨的另一侧，即与博士府邸相对的一侧，是一片水田，远远地可以看到某个工厂的烟囱，这是远离城镇中心的偏僻地区经常出现的场景。小镇西边的尽头，是博士府邸和其他几栋文化村式的住宅，博士府邸几乎和铁路平行，是一整排的建筑物。趴在地上的黑田刑警在博士府邸和铁轨之间的空地上嗅出了什么呢？那里交错着十种以上的脚印，这些脚印集中在博士夫人被碾轧的地方。乍一看还真无法分辨，但经过一一分类仔细调查后发现，这些脚印分别是几种不带草编鞋面的木屐、高齿木屐以及皮鞋的鞋迹。于是，再将事发现场的人数与脚印数量进行比对时，发现多出一种脚印。也就是说，发现了一个所属不明的脚印，而且还是皮鞋的鞋迹。

那天清晨，穿皮鞋的人只有前来勘察的相关人员，但在此期间他们中没有一个人离开，这就有点奇怪了。仔细检查了一下发现，这个可疑的鞋印居然是从博士府邸出来的！"

"你知道得可真详细啊。"听故事的年轻人松村插嘴说道。

"这主要得归功于那些热衷于花边新闻的小报。因为一旦发生类似的事件，他们就会抱着八卦的心态进行长篇追踪报道，这些报道有时也会派上用场。言归正传，黑田刑警在检查博士府邸与事发地点之间往返的脚印时，发现共有四种脚印。第一组是刚才所说的所属不明的鞋迹，第二组是博士赶往现场时所穿的不带草编鞋面的木屐，第三组和第四组是博士家仆人的脚印。这些足迹中，找不到博士夫人自己一路走到铁轨上的痕迹。或许她只穿着袜子没穿鞋，但现场找不到任何与此有关的线索。难道说博士夫人是穿着男鞋走到铁轨上了吗？如果不是这样的话，那就是留下脚印的某个人将夫人抱到了铁轨上。当然前者的假设可能也没有问题，但为了方便后续故事情节的推进，姑且认为后者的假设更为正确吧，因为第一组鞋印有一个奇怪的特征，那就是鞋印的后跟深深地嵌入了地里，并且这组的所有鞋印具有同样的特征。这是带着某样重物走路的证据。因为带着的东西太重，脚后跟才会深陷地里，黑田刑警这样推断道。就这一点，黑田在小报上进行了大肆渲染，他说道：'人的足迹可以给我们传达各种各样的信息。比如这种脚印是跛足者的，那种脚印是盲人的，这种又是孕妇的脚印，等等。'如果你感兴趣的话，可以读读昨天的小报。

"为了避免内容过长，我长话短说，细节就不过多描述了。总之，黑田刑警费尽心思对脚印进行侦查后，在博士府邸内厅的挑檐下发现了一双符合上述鞋印特征的短鞋。且不幸的是，经仆人证实，发现这确实是那位著名学者经常穿的鞋子。其他琐碎的证据还有很多。比如，仆人的房间和博士夫妇的房间相隔很远；仆人是两个女人，当晚睡得很熟，早晨事发之后才醒过来，对半夜发生的事毫无察觉；平时鲜少在家的博士当晚也正好住在家里；而证实鞋印可疑之处的有力证据之一，还有博士的家庭情况。你也知道，富田博士是已故富田老博士的女婿。也就是说，夫人是招婿入赘、家里娇生惯养的女儿，患有肺结核这一顽疾，相貌丑陋，而且有严重的癔病。不难想象，这对夫妻关系也和谐不到哪里去。而博士在外暗自安家，溺爱着一个艺妓出身的女人。但我不认为这样的事情会使博士的地位受到丝毫影响。话说，家有一位得癔症的妻子，大多数男人会无法忍受吧。那场惨案的发生大概也是因为夫妻关系越来越不和谐吧。这样的推理也是符合情理的。

"然而，还有一道难题未解。即一开始就提到过的从死者怀里发现的遗书。经过一系列调查发现，遗书上面确实是博士夫人的字迹，但是她为什么会写一封言不由衷的遗书呢？这对黑田刑警来说是一大难关。对此，他自己也表示说相当棘手。但费尽力气调查后发现了几张皱巴巴的废纸，这与此案有何关联？——就是练字用的草稿纸而已，准确点说，是富田博士用来模仿妻子字迹时练习使用的草稿纸。其中还有一张夫人寄给旅行中的博士的信，博士以此为范本，模仿了夫人的笔迹。真是处心积虑啊！据说黑田刑警是从富田博士书房的废纸篓里发现这些草稿纸的。

"所以，结论就是这样。让这位既是眼中钉、又是恋爱绊脚石、且无法控制、令人抓狂的夫人消失吧。而且，他经过深思熟虑，用一种丝毫不损害自己博士名誉的方式完成了这件事。他以喝药为由让夫人服用毒药，等其断气后，穿上那双短鞋，将尸体扛在肩上，从后门运到附近的铁轨上，然后将提前写好的遗书放入死者怀中。等到人们发现被碾轧的尸体后，胆大包天的罪人再佯装成非常吃惊的样子，赶到现场。事情就是这样的。至于富田博士为什么没有选择与夫人离婚，而是走上这条危险的道路，某报上做了说明（这大概是新闻记者自身的想法吧）：第一是出于已故老博士的知遇之恩，他害怕遭受人们的非议；第二，也许也是最重要的理由，对于残忍暴戾的博士来说，夫人死后，他可以获得一笔丰厚的遗产。

"于是，富田博士被依法逮捕，黑田清太郎先生因此而名声大噪，新闻记者获得意外收获，这一案件也成了学术界的一大丑闻。正如你所说，现在社会上都在谈论这件事。这的确是一起有点戏剧性的事件。"

左右田说完，把面前杯子里的啤酒咕嘟咕嘟都喝完了。

"当时我就在事发现场，也对这件事产生了兴趣，所以还是仔细进行了调查。但那个叫黑田的刑警，是个不适合当警察的聪明男人。"

"嗯……更像是一位小说家。"

"啊，是的。他是位绝佳的小说家，甚至可以说他创作出了比小说更让人感兴趣的作品。"

左右田一只手放在背心的口袋里，一边摸索着，一边露出了讽刺的微笑。

"什么意思？"松村透过香烟的烟雾，眨巴着眼睛反问道。

"黑田先生也许是位小说家，但他不是侦探。"

"为什么？"松村似乎吓了一跳。他看着对方的眼睛，仿佛在期待着某种精彩的反转。

左右田从背心的口袋里，拿出一张小纸片放在桌子上。然后说道："你知道这是什么吗？"

"这有什么？这不就是 PL 公司的收据吗？"松村一脸不解地问道。

"是的。这是一张三等急行列车出租枕头的四十钱的收据。这是我在事发现场不费吹灰之力捡到的。我据此主张博士无罪。

"不管证据如何，博士都应该是无罪的。像富田博士这样的学者，怎么会为了一个歇斯底里的女人，自掘坟墓——没错，博士拥有自己的天地，是这片天地里屈指可数的人。——为一个女人将自己的前途亲手葬送，天底下有哪个傻瓜会这么做呢？松村君，说实话，我打算坐今天一点半的火车，趁博士不在去拜访他家，向帮他看家的人再打听打听。"

说着，左右田看了一下手表，他取下餐巾，站了起来。

"恐怕博士会为自己辩护，同情他的律师们也会为他辩护。但是，我掌握的证据是其他人没有的。至于原因，我现在一时半会也解释不清，你就等着看吧。不进行调查此案就无法完结。我的推理还有一个漏洞，为了填补这个漏洞，恕我先行告辞，我去去就回。服务员，帮我叫辆车。那么，明天再见。"

下

第二天，在全市发行量最大的晚报上，刊登了如下长文，标题是《证富田博士无罪》，投稿者署名为左右田五郎。

与这封投稿内容相同的书面文件，我交给了负责审讯富田博士的预审法官——某某先生。我想递交上去的书面文件已经足够说明问题了，但是考虑万一由于法官的误解或其他原因，使得身为一介书生的我写的这份陈述报告石沉大海，再加上我的这份陈述报告推翻了权威刑警所证明的事实，即便被采纳，我也担心当局并不会在事后将我尊敬的富田博士所承受的冤屈明明白白地公之于世，为了唤起舆论，我递交了这篇文章。

我跟富田博士之间并没有什么个人私情，只是通过阅读他的著作，佩服博士渊博的知识而已。在这起事件中，眼看着博士将因错误的推断获罪，而只有我才能救这位学术界的长者。机缘巧合，我当时正好在现场，并获得了有力的证据，因此除我之外，没人能救得了博士。理所当然地，救博士成了我义不容辞的义务，所以我采取了这一行动。这一点希望大家不要误会。

那么，基于什么理由，我相信富田博士是无罪的呢？简而言之，司法当局仅仅通过刑警黑田清太郎的调查就推断博士犯罪，未免欠缺考虑。这样的行为太过幼稚，太过哗众取宠了。当我们将富田博士他那事无巨细、条理清楚的学者头脑与这次所谓的犯罪事实进行比较时，我们大家会做何感想？对于这两者之间的巨大差距，难道不应有所怀疑吗？警方真的以为博士会糊涂到留下拙劣的鞋印，留下模仿笔迹的废纸，甚至留下装毒药的杯子，好让黑田一举成名？再说，如此博学多才的犯罪嫌疑人怎么可能预料不到毒药会在尸体上留下痕迹！就算没有任何证据，我都坚信博士是无罪的。但我还没有鲁莽到仅靠上述推测就下定决心写下这些文字。

黑田清太郎刑警如今名声大噪，世人甚至称他是日本的福尔摩斯。在他春风得意之时，使他跌入低谷，我也于心不忍。实际上，我相信黑田先生是日本警察中最优秀也最能干的一位。这次的失败在于他比别人更聪明。他的推理方法没错，只是对掌握的证据欠缺观察。换句话说，他在细致、周到这方面，还不如我一介书生，为此我感到深深的遗憾。

这个暂且不论，我要提供的证据是以下这两件非常不起眼的东西。

一是我在现场捡到的一张 PL 公司的收据（三等急行列车配备的枕头的租金收据）。

二是作为证物被当局保管的博士的短靴鞋带。

仅此而已。对读者们来说，这恐怕没有任何价值。但对于办案专家来说，即便是一根头发，也有可能是重大犯罪的证据。

说实话，我是在偶然中发现的。案发当天，我在现场观看验尸官们检验尸体，突然发现我坐着的石头下面露出了白纸的一角。如果没有看到那张纸上盖着的日期戳印，我可能也就不会起疑了。对博士而言实属幸运的是，纸上的日期戳印仿佛启示着什么一样印在了我的脑海之中。那是大正某年十月九日，也就是事发前一天的日期戳印。

我将约二十千克重的石块移开，捡起了被雨打湿的破纸片，这就是上面所提到的 PL 公司的收据。它激起了我的好奇心。

话说回来，黑田先生在事发现场忽略了三点。

其中之一便是我偶然捡到的 PL 公司的收据。除此之外，至少还有两点也被他疏漏了。如果黑田先生足够细致的话，也能够发现这张收据，而不是偶然被我发现。这是因为压着收据的石头，一看就知道是来自博士府邸后面半完工的下水道沟渠边、大量堆积的石块。而那块石头却被放在距离下水道很远的铁轨边，这对于像黑田先生这样拥有高度专注力的人来说，或许已经传达了某种含义。不仅如此，我当时还将那张收据拿给现场搜查的警察看，但那位警察对我的好意不屑一顾，甚至觉得我碍事，并呵斥我走开。时至今日，我还是能从当时在现场搜查的警察中一眼辨认出他来。

　　第二点是所谓的犯人的脚印，从博士府邸的后门出发一路延伸到铁轨上，但却再也没有发现从铁轨上回到博士府邸的足迹。关于这一点，黑田先生是如何解释的——这是非常重要的一点，由于新闻记者并不上心，没有进行任何报道——我也无从得知。大概是凶手把死者的尸体放在铁轨上后，出于某种原因，沿着铁轨绕了一圈才回去的吧。——事实上，只要稍微绕一圈，就能不留下脚印然后回到博士府邸。——而且，由于在博士府邸发现了与脚印相符的短靴，所以即使没有留下脚印，也可以充分证明凶手回到了博士府邸。这一想法合情合理，但这其中没有什么不对劲的地方吗？

　　第三点是大多数人都不会注意到的东西，所以即便是目睹也不会留意，这东西便是一只狗的爪印。在事发现场这一带，这只狗的爪印与所谓的凶手的脚印并行，印在了地上。我之所以注意到这一点，是因为有人被轧死时，狗是在那附近的，且狗的脚印消失在博士府邸的后门，我想这只狗大概是死者的爱犬，但它没有待在主人的身边，这不免让我觉得奇怪。

以上，我把我所谓的证据全部列举出来了。敏锐的读者大概能推测出我接下来要说什么了吧。对这些读者来说也许是画蛇添足，但我必须把结论说出来。

事发当天回到家时，我并没有什么想法，对于上述三点，也没有特别深入地思考。在此我只是为了引起读者的注意，刻意描述得很清楚，并非是当天就想到了这些。通过第二天、第三天以及往后每天的早报，我得知我所尊敬的博士作为嫌疑犯被逮捕，当读到黑田刑警的苦心之谈时，从本文开头所陈述的常识判断出发，我相信黑田先生的侦查一定有什么不对的地方。我认真回想了当天在事发现场看到的种种可疑之处，今天拜访了博士府邸，向看家的人打听了一番后，我终于掌握了事情的真相。

因此，我决定在下文按顺序记录我推理的过程。

如前面所述，我的依据是PL公司的收据。事发前一天，可能是前一天的深夜，这张收据从急行列车的车窗掉落下来，为什么会被压在二十千克重的石块下面呢？这是第一个着眼点。我只能由此推断是前一天晚上掉落PL公司收据的列车经过后，有人将石块带到了该处。——根据其位置，可以清楚地知道石块不是从火车轨道上或装载石头并经过此处的无盖货车上掉落的。——那这石块从何而来？石块很重，原来的位置应该距离此处不远。最后，根据被削成楔形的形状得知，这是博士府邸用来建造下水道的众多石块当中的一块。

也就是说，从前一晚深夜到清晨发现尸体被碾压期间，有人将石块从博士府邸搬到了案发现场。如果是这样的话，此人应该留下了脚印。前一晚下着小雨，到半夜雨就停了，脚印应该不会被雨水冲刷走。正如明智的黑田先生的调查一般，除了当天早上在场的人的脚印之外，剩下的便是"犯人的脚印"。至此，我得出的结论是：搬运石头的人肯定是凶手。得出这个结论后，我苦恼于如何赋予凶手搬运石头的可能性。之后，当悟出凶手的作案手法是多么巧妙时，我不禁大吃一惊。

抱着人走路的脚印和抱着石头的脚印一定是相似的，足以骗过一位非常有经验的侦探的眼睛。而我发现了这个惊人的诡计！即有人试图让博士背上杀人的罪名，于是穿着博士的鞋，抱着石块而不是夫人的尸体，一直走到铁轨处，一路留下了脚印。除了这样想之外，就没有更为合理的解释了。那么，如果这个可恶诡计的实施者刻意留下脚印，那被碾压的当事人，即博士夫人又是怎么走到铁轨上的呢？

这样就少了她的脚印。作为上述推理必然而又唯一的结果，我不得不遗憾地承认，博士夫人本人就是诅咒并陷害丈夫的可怕恶魔。她是一个令人战栗的犯罪天才，我脑海中也不自觉地浮现一位因嫉妒而发疯、身患肺结核这种不治之症、头脑逐渐病态、心理异常阴暗的夫人形象。一切，都是黑暗的；一切，都是阴沉的。在黑暗和阴沉中，一位苍白的女人目光凄厉，数十日、数百日进行幻想，并考虑如何实现这个幻想，这使我不由得毛骨悚然。

夫人的精神状态暂且不论。第二个疑问是，脚印没有回到博士府邸，这一点又做何解释？若简单地想，这是被碾压者的脚印，所以脚印没折返回去也是理所当然的。但是，我觉得有必要进行深思。博士夫人这样一位犯罪天才，为什么忘了将脚印从铁轨带回博士府邸呢？如果 PL 公司的收据没有偶然地从列车的车窗掉落下来，没有这个唯一的线索，那还有其他的证据吗？

对于这个疑问，解决的关键是第三点，也就是前面提到的狗的爪印。我把狗的爪印和这位博士夫人唯一的漏洞结合起来，不禁会心一笑。想必夫人一定是打算穿着博士的鞋从铁轨回到家中的，然后重新选择一条不会留下脚印的路再回到铁轨上。但滑稽的是，这时出现了一个障碍，也就是夫人的爱犬——约翰。约翰这个名字，是我今天从博士家的仆人某某先生那里打听来的——敏锐地发现了夫人的异常举动，在她身旁大声叫起来。夫人担心狗叫声会吵醒家人从而暴露自己的行踪，同时也意识到不能再磨磨蹭蹭的了。即使家人没被吵醒，如果约翰的叫声引得周围的狗一起狂叫那就糟糕了。于是夫人利用这一僵局，想到了一个绝妙的办法，既可以让约翰离开，同时也能执行自己的计划。

据我今天所打听到的，约翰这只狗平日里就在叼东西这方面训练有素。大多数情况下，它在与主人同行的途中，会帮忙将东西叼回家。而且，约翰通常会将它带回来的东西放在内厅。此外，在拜访博士府邸时我还发现，要从后门到达内厅的檐廊，必须通过围着内院的木板墙上的那扇门，除此之外没有其他通道。那扇木门就类似于西式房间的门，安装了弹簧装置，只能从外往里推开。

博士夫人巧妙地利用了这两点。了解狗的人想必都知道，在这种情况下，只是口头上赶狗离开是没有用的，只有下达指令，比如将木头扔远，然后让狗捡回来，这时狗才会听从指令。利用这种动物心理，夫人给约翰一双鞋，让它叼回家。她祈求这双鞋至少能被放在内厅檐廊旁边——也许当时檐廊的防雨窗是关着的，所以约翰没法按照往常的习惯去执行。——同时夫人也祈祷那扇从外往里推开的木门能将狗挡在里面，不会再来干扰她。

　　以上是我结合没有折返回去的脚印、狗的爪印和其他情况，以及夫人这位犯罪天才的情况进行的想象。关于这一点，我担心有人会说这一切解释太过于牵强附会了。其实，脚印没有折返回来，实际上是夫人疏忽了。狗的爪印正好说明夫人从一开始就想好了如何处理鞋子，这推断也许是正确的。然而，无论哪一种情况，都未能动摇"夫人是凶手"这一我的主张。

　　那么，这里有一个疑问。那就是一只狗怎么能一次带上一双，即两只鞋。能解答这一疑问的，是上述提到的两件证物中，还未做出说明的"作为证物由警察保管的博士的鞋带"。我从同一个仆人，即某某先生的回忆中得知，那双鞋被没收时，两只鞋是用鞋带绑在一起的，就像剧场里保存的鞋一样。不知道黑田刑警是否注意到了这一点。也许他因为发现了证物而欣喜若狂，忽略了这一点吧。好吧，就算没有被忽略，也仅是推测凶手出于某种理由把鞋带系在一起藏在了檐廊下。如果不是这样，黑田应该得不出那样的结论。

　　就这样，这个对丈夫满是怨念的可怕的女人，服下提前准备好的毒药，躺在铁轨上，幻想着丈夫从荣誉的巅峰跌至谷底，在监狱中痛苦呻吟的场景，嘴角带着一抹诡异的笑容，静静地等待着急行列车碾过自己的身体。关于装毒药的容器，我无从得知。好奇的读者如果仔细地在铁轨附近寻找，也许会在泥土中发现些什么。

关于在夫人怀里发现的遗书，我还未做说明。这同脚印一样，当然也是夫人做的伪证。我并没有看过遗书，所以只是单纯地推测而已。如果请专业的笔迹鉴定家进行鉴定的话，必定会发现这是夫人以某人疑似在刻意模仿自己的书写习惯的方式写的遗书，且其中的内容句句属实。关于其他细节，我就不提出反证一一说明了。因为通过以上的叙述，想必各位读者都早已了然于心了。

最后，关于夫人自杀的理由，正如各位读者所想的那样，理由非常简单。我从博士家的仆人某某先生那里得知，正如遗书中所写，夫人的确是严重的肺病患者。这不正是夫人自杀的原因吗？也就是说，她很贪心，试图通过一死来达到厌世自杀和为爱复仇的双重目的。

"我的陈述到此结束。现在，我只希望预审法官——某某先生，他能尽快传唤我。"

和前天一样，左右田和松村面对面坐在同一家餐厅的同一个位置上。

"你现在可是当红人物呀。"松村称赞道。

"我只是很高兴能为学术界做出些许贡献。如果将来富田博士发表了震惊世界学术界的著作，我要求博士在署名处加上'左右田五郎合著'这几个字应该也不过分吧。"说着，左右田张开手指，像梳子一样，插进了他那乱蓬蓬的长发里。

"但我没想到你是一位如此优秀的侦探。"

"请将侦探这个词改成空想家。实际上，我也不清楚我的空想能达到什么程度。例如，如果那个犯罪嫌疑人不是我崇拜的伟大学者，也许我也会将富田博士想成杀害夫人的凶手。而且，可能也会否定我这次提供的最有力的证据。你明白了吗？我所罗列的证据，仔细想想，全都是些模棱两可、经不起推敲的证据。唯一具有确定性的，就是那张PL公司的收据。但假设那张收据不是我从那块石头下捡的，而是在石头旁边捡的呢？"

左右田看着对方一脸难以理解的表情，意味深长地笑了。

致命的错误

"赢了，赢了，赢了……"

北川的脑子里满是这个声音，像风车一样回旋着，除此之外再无任何思绪。他如今连自己正走在何处、又欲行往何方都无知无觉。更甚之，他根本没有意识到自己此刻正在行走。

往来的行人都一脸奇怪地看着他异于常人的走姿。说他喝醉了吧，但他脸色跟普通人没什么两样。说他生病了吧，可他还有精气神儿。

他的走姿非常奇怪，让人想起了那句疯狂的话："What ho!What ho! This fellow is dancing mad! He hath been bitten by the tarantula.①"北川当然并没有真的被毒蜘蛛咬到,但他确实已经成了一种执念的阶下囚。而这种执念的可怕程度要比那毒蜘蛛更甚。

现在,他正全身沉浸在复仇所带来的快感中。

"赢了,赢了,赢了……"

这一充满毒性的胜利低语,以一种轻快的节奏在他嘴边持续着,又如螺旋烟花那般令人目眩,一直在他脑中纵横驰骋。从今天开始,他终于摆脱了在那漫长的一生中终日不停的无法挽回之苦。他,终于从百般无奈的苦闷中解脱了!

我的错觉?胡说!真的,是真的,我给你打包票。那家伙在听我说话的时候,不是最终承认败北了吗?不是惨白着脸认输了吗?这不是我的胜利是什么?

"赢了,赢了,赢了……"在这一单调、无意识的旋涡之间,上面的断想会如电影字幕一般,浮现在他脑中。

夏日的天空像白内障病眼一般阴沉沉的,没有一丝微风,每家每户的门帘和遮阳板都像雕塑似的一动不动。街上的行人蹑手蹑脚地走着,仿佛预感到了某种莫名的不幸。死一般的寂静笼罩着那一带。

---

① 意为:"呀!呀!这家伙疯了!他被狼蛛咬了!"出自美国作家埃德加·爱伦·坡创作的中篇小说《金甲虫》(The Gold-Bug)的卷首语,写于 1843 年。

北川在这氛围之中，一直独自疯狂行走着，宛如一个画外人。他脚下，是无穷无尽的深灰色道路。对于漫无目的迷惘的人来说，东京市就是一个永无止境的迷宫。狭窄的、宽阔的、笔直的、弯曲的，一条路接着一条路。

"但是，那是一场多么精妙且深刻的复仇啊！当然那家伙的复仇手段也相当高明。不过，我的反击手段也很别致。这是天才之间一对一的决斗，是天衣无缝的艺术；是他拿下上半场、我拿下下半场的一大艺术品。但不管怎么说，胜利还是属于我的。……是我赢了，我赢了！我可是狠狠地把他教训了一顿。"

北川在烈日下一直不腻烦地走着，鼻头满是汗珠。对他来说，酷热根本不算问题。

随着时间流逝，他终于从那得意忘形、无法思考的欢喜中，一点一点恢复了理智，回过神来去品味那"甜蜜"的回忆了。

——那是一场时隔三个月的拜访。在那件事发生前不久曾见过一面后，两人直至今日才再次谋面。

那场变故后，野本只是在信中表达了哀悼，连北川的新居都没有拜访过。这一点成了北川心头的疙瘩。北川也是一样，像是感受到了野本的敌意，只要一跨入野本的家门，就会不悦到快要呕吐。

两人是天生的对头。两人在同一所学校的同一专业，虽是同桌，但北川总看野本不顺眼。他相信野本肯定也讨厌自己，就像讨厌蚰蜒一样。

两人还曾经是情敌，这就更让北川反感了。北川从那时候开始，光是看一眼野本的背影，就觉得身体哪里都不舒服，说不上来的不爽。这种情形下，又发生了这次的事情。于是，两人那说破不破、保持着微妙平衡的关系终于破裂了。

他相信这样一来，两个人只能拼上性命决斗，拼个你死我活。除此之外，再无退路。

在时机成熟之前，北川尽量隐瞒今天拜访的真正目的。但是敏感的野本似乎早就察觉到了这一点，总是用充满恐惧的眼神偷偷瞟北川。

两人对坐在崭新的皮蒲团上，中间放着一开始端上来的冰啤酒杯。两人头上，从最初就笼罩着一片令人窒息的阴云。

他们一直在聊一些无关痛痒的闲话。北川最终忍无可忍，率先挑起了战火："我非常清楚你为什么不提那件事。你害怕提起那件事，以至于从那以后第一次见我，连一句哀悼之词都说不出口！"

野本猛然移开了视线。北川坚信，那时野本的脸色之所以铁青，绝不是因为他转过了头，庭院里绿叶的颜色刚好映照在其脸上。

"我开的第一枪，正中他的心脏。"

北川一边走在不知名的街头，一边美滋滋地回忆着。正如反刍动物会把吞入胃中的东西再次吐出细细品味、反复享受一般，他慢慢回忆着今天和野本的谈话，从头到尾，乃至话语间的细微之处。回忆比事实本身更令人愉悦，这让北川着迷不已。

"我是最近才意识到这一点。那时候我心里满是悲伤，哭都哭不出来。虽然羞于启齿，但老实说，我一直深爱着妙子。正因为爱她，所以在她还在的时候，我才埋头工作到让你和其他朋友都吃惊的程度。我的妻子总会露出酒窝，可爱地笑着，端坐在我身后。正是这种安心感，才让我能够埋头工作。"

"我无法忘记她头七的那天早晨。无意间看了一下报纸，我发现在文艺栏一角登载着生田春月的译诗。我长大后就再也没哭过，可我只读了'不知会有今夕，亡后始知爱妻'这一句，眼泪就开始不可抑制地簌簌滴落。妻子死后，我才知道自己多么爱她。……你根本不想听这种废话吧？我也不想说，尤其是在你面前。但是，就是因为想让你清楚地知道妻子的死多么让我伤心，我的一生又因此变得多么糟糕，我才勉强说出根本不想说的话。"北川无比动情地说道。然而谁又能想象得到，这看似婆婆妈妈的废话，实际上却是迈向可怕复仇的第一步呢。

"随着日子一天天逝去，这种悲伤一点一点地淡去了。不，悲伤本身并没有改变，但沉浸在悲痛中哭哭啼啼的我的内心，却多少能想点别的事情。如此一来，先前被悲伤掩盖的疑问，不知不觉浮上心头……正如你知道的那样，妙子那不可思议的死法，对我来说是无论如何也解不开的谜。"

北川从一开始就对妻子的死抱有怀疑。连小孩子都得救了，为什么只有妙子被那场火烧死了？他想破头也想不明白。

那件事发生在三个月前，春意阑珊之时。那时，北川住在租来的双拼式公寓里。某天深夜，同栋仅有一墙之隔的房子失火了，他家也付之一炬。

大火延烧了五户才被扑灭，不知是不是风太大的缘故，火势蔓延的速度快得惊人。人们忙着抢救重要的东西，保护孩子，体会着只有在当时才会感受到的那种异样的、像被逼入绝境般的惊慌失措。明明过了很久，在当时却觉得只是短短一瞬。火焰如同巨蟒的舌头一般，舔舐人类住宅的速度简直快到令人咋舌。

北川第一时间抱着出生不久的婴儿，跑到了距他两三町①远的朋友家，把哭喊着的孩子托付给朋友的妻子，然后请朋友帮忙尽可能救出家中物品，和朋友回到了火灾现场。穿着睡衣发狂的北川，仿佛回到了人类还没有语言的原始时代，一边发出毫无意义的呢喃，一边喘气奔跑着。

在火场和朋友家之间跑了两个来回之后，火势更大了，不仅拿不成东西，还可能危及性命，所以他只好先在朋友家落脚。之后他立马往干渴到疼痛的喉咙里灌了好几杯水，才感觉好受了一点。

这时，北川惊觉看不到妙子的身影。明明看见她跑了出来，而且她也应该知道自己来这个朋友家避难了，但不知为何却没有看到她的身影。他没想过她会跳进熊熊烈火中，所以就呆呆在地原地等着，等着妙子慌乱的身影出现在朋友家门口。

在被行李、小文卷箱②、文件等各种东西胡乱堆满的朋友家玄关，站着朋友夫妇、北川和抱着孩子发抖的年轻女佣，每个人都微妙地保持着沉默，面面相觑。

从外面清晰地传来了火灾现场的骚动。"喂！""啊——""哇哇哇……"之类的噪音、在大街上奔跑而过的乱糟糟的脚步声，

---

① 距离单位。一町约等于 109 米。
② 存放书籍或账簿、随身物品等的手提箱。

以及伫立在附近屋檐下的人们那让人昏昏欲睡又战战兢兢的交谈声，交响出了一段与北川本人毫无关系的音乐。四周到处都是那带着戏剧性音色的火警钟声，让人心惊肉跳，毛骨悚然。

相较之下，家里他们这几个人，出奇地安静。不知过了多长时间，他们在漫长的等待中都纹丝不动，保持静默。曾经像被火焚身似的哭得撕心裂肺的幼儿也已经完全安静下来。

过了一会儿，朋友的妻子像是在闲谈似的，故作轻松地问道："你说夫人现在怎么样了啊？喂，老公。"

朋友凝视着北川的脸，深思道："对啊，都过了这么久了，好奇怪。"

就这样，当他们出门寻找妙子的时候，熊熊火势已经"偃旗息鼓"了。但不管怎么找，都寻不到妙子的踪迹。他们去熟人家挨家挨户地寻访，看看会不会有妙子的消息。天快亮了，大家已经无计可施。疲惫不堪的北川只好先回到朋友家，暂且在地板上睡下。

第二天，他们从清理火灾现场的工作人员口中了解到，从北川家的废墟中找到了一具女尸。这才知道妙子出于某种原因，跳进熊熊燃烧的房子里被烧死了。

这可真是匪夷所思。因为没有一个理由足以让她冲进烈火。因此番变故从远方赶来的亲戚们大多认为，她一定是被这场可怕的火灾吓到，变得不正常了。

"我认识的一位老奶奶说，她明明知道发生了火灾，却还是慌着神突然跑到米柜前，小心翼翼地称了米，然后放进桶里。想必当时她真的认为米是最重要的吧。那种时候，无论再怎么沉稳的人也会惊慌失措的。"妙子的母亲极力压制住哽咽的冲动，带着浓重的鼻音这样说道。

"我可怜的妻子年纪轻轻就死了，还留下个孩子。仅仅这样，就足以击溃一个男人了，而她还死得那样惨不忍睹……我曾想让你亲眼看看她死后的样子。如果在她遗体前，我还可以向你平静地说出这番话的话，那将多么具有戏剧性啊！

"她的尸体烧得只剩下焦黑的一块。与其说它惨不忍睹，倒不如说令人恶心。我听到消息赶到现场，而呈现在我眼前的，就是这个自我出生以来都不曾见过的罕见之物。我怎么也没想到那竟然会是三年以来一直陪伴在我身边的妻子，乍一看甚至都看不出那是人的尸体。那只是一个黑块儿，连眼睛、鼻子、四肢都很难分辨出来。黑色的表皮全都破了，露出红色的肉。

"你看过望远镜拍摄的火星照片吧？你知道所谓火星运河那种带有奇怪表现派色彩的网纹状图案吧？就是那种

样子。黑块儿的表面就那样开裂着，上面纵横着骇人的红色纹理，与人的感觉相去甚远，分明就是个不明物体。我当时怀疑，这真的是妙子吗？见惯了这种场面的工作人员似乎注意到了我不可置信的样子，指着那团黑块儿的某个地方让我看。我仔细一看，发现妙子直到昨天为止还一直戴着的细铂金戒在闪闪发着光。这下，我终于无法再怀疑下去了。

"而且我后来才知道，除了妙子之外，那天晚上一个失踪的人都没有。

"但世上也并非没有这样的死状。这无疑是一件相当严重的事情，但比起这些，更让我内心痛苦和困扰的是妙子到底是为何而死。她完全没有寻死的理由啊！无论是物质上还是精神上，我都想不出来她有什么烦恼，烦恼到不得不寻死的地步。话说，她也不是那种会被骤变吓到精神失常的懦弱女人。她是个不可貌相的沉稳之人，这一点你也心知肚明。退一步讲，即便是她疯了，也不可能故意往烈火里跳啊！

"这其中一定有什么缘由。可到底是什么重要的理由，可以让一个女人冒着生命危险，冲进熊熊燃烧的房子里呢？这种令人窒息的怀疑，不分昼夜一直萦绕在我心头。即便知道了死因，明白事到如今已是无力回天，我还是忍不住去想。我花了很长时间，考虑了各种可能性。

"为了把落在家里的重要东西取出来，妙子才冲进了火场。这种解释目前是最合理的。

"可她有什么重要的东西呢？我从没注意过妙子身边的细节，因此完全不知道她有哪些随身物品。但我也不认为她有要舍命相护的贵重物品。就像这样，即使我臆想出了各式各样的理由，但也都缺乏可能性，最后我只好放弃。我终于意识到，事情的真相恐怕随着妙子一起入土，永远不得而知了。有一个词叫 deadsecret，妙子的死因正如字面所示，是个死亡之谜。

"你应该知道盲点吧。我觉得没有比盲点的作用更可怕的了。一般说到盲点，会认为是作用在视觉上的词语，但我觉得意识也有盲点，也就是所谓'大脑的盲点'。我们有时会突然忘记一些无关紧要的事情，有时怎么也想不起最亲密的朋友的名字。要说世界上什么是可怕的，我觉得没有什么比这个更可怕的了。我一想到这点就觉得坐立难安。假设我要发表一个富有独到见解的学说，这时，万一'大脑的盲点'在这一被巧妙确立的学说的某一点上起作用的话，会如何呢？一旦碰上盲点，在找到机会消除它之前，我们是不会意识到自己犯了错误的。对从事着与我们类似工作的人们来说，盲点的作用是最可怕的。

"但，怎么说呢。我总觉得妙子的死因和我'大脑的盲点'有关。就在我觉得很不可思议的时候，好像有人在我脑中低语：没有比这更清楚的事情了。有个模糊不清、不知为何物的东西一直待在我脑中某处，仿佛在说'我就是您夫人的死因哦'。眼看着离真相只差一步了，之后的事情我却怎么也想不出来了。"

北川按照计划，毫无差池地进行着对话。他一直压抑着焦躁的心，尽可能地拖长宣布结论的时间。他享受着如孩童虐杀蛇一般的快感，尽情欣赏野本苦闷的样子，像钝刀子割肉，一点点地扎进对方的要害，让其生不如死。他很清楚，这种充满牢骚、毫无意义的长篇大论对于野本来说是多么可怕的惩罚。

野本默默地听着他说话。刚开始还会偶尔附和"嗯""原来如此"，等等，后来就慢慢闭上了嘴，看起来像是烦透了这个无聊的话题。但是，北川坚信他是因为害怕而无法开口说话的。他相信，野本是怕自己不小心开口会发出惊惧的尖叫，才一直保持沉默的。

"有一天，越野来看我。他住在我家附近，火灾那晚帮我抢救东西，还收留了我，我得到了他很多关照。就在那天，关于妙子的死因，他带来了非常重要的信息。他听某个目击者说，那时妙子一边大叫，一边在熊熊燃烧的房子前跑来跑去。不过因为周围太吵,没能听到她在喊什么,但那个目击者说一定是非常重要的事情。在火灾现场奋战的人们,似乎都没有注意到妙子奇怪的举动,但在此过程中,不知从哪里来了一个男人,向妙子走近。"北川一边这么说着,一边直直地盯着对方的眼睛。他用在黑暗的洞穴中不断瞄准猎物的蛇一般的眼神盯着野本,他清楚地知道这会让对方多么害怕。

"那个男人刚走到妙子身边,就忽地向右拐,朝来时的方向跑走了。接着不知怎么回事,妙子非常吃惊地睁大了眼睛,像是求救般张望四周。但在那一瞬间,她就冲进了已变成一片火海的家中。……目击者并不知道之后发生了什么,甚至没想到那个举止异常的女人之后会被烧死,所以在一片混乱中没有继续观望后续的进展。他后来才听说第二天从废墟中挖出来的是越野朋友的妻子。他后悔地说,早知如此的话,那时就应该马上告诉越野的,他对此表示抱歉和遗憾。

"听了这话,我觉得妙子果然没有疯。她确实是有什么重大的理由,才冲进了火中。

"'那么,跑到妙子身边、随后立马消失的那个男人,到底是什么人呢?'听我这么一问,越野压低声音,一本正经地看着我说道:'关于这点,我想到了一个人。'……

越野那时在扛着我的行李跑，突然和一个男人擦肩而过。但当他觉得诧异，猛然回头试图确认时，那个人已经混进看热闹的人群中，不见了踪影。越野告诉了我那个男人的名字，你觉得会是谁呢？那人跟我和越野都是关系很好的老朋友，可他为什么碰见越野却连个招呼也不打，就像逃跑一样消失无踪了呢？明明我家着了火，却也不来探望。关于这点，你到底是怎么想的呢？"

北川的话，渐渐触及了重点。而野本依旧一句话也不说，还带着一种奇怪的表情，凝视着北川不断张合的嘴巴。尽管野本从一开始就喝了很多啤酒，但与一开始两人对坐时的状态相比，现在他的脸色已经苍白到完全认不出来的地步。

得胜的北川越发口若悬河，用演讲般的语调拼命地讲着。他极度紧张，感觉自己两颊发热，腋窝也被冷汗浸透了。

"但是，刚听到如谜一般的事实，我怎么也无法下判断。确实离真相很近了。但真相本身现在还是一团迷雾，不甚明朗。即便已经无限接近，但就是无法触及。我很焦躁，与其说是焦躁，不如说是害怕。我一想到一定是'大脑的盲点'在作怪，就害怕得浑身发抖。就这样，时间又过了两三天。

"因为这么一件小事儿，那个盲点一下子就被击破了。

而后我就如梦初醒，什么都明白了。我气愤之余跳了起来，那个家伙，那个越野告诉我的男人，是个我恨之入骨都不为过的家伙。我甚至想马上就飞到那家伙家里，把他活活掐死……不行，我有点太激动了。我本应该更加冷静地慢慢说话的……那时，我看到了被妙子娘家来的新奶妈抱着的孩子。孩子还没有熟悉新奶妈，一直用那打着卷儿的舌头喊着'妈妈，妈妈'，寻找着死去的母亲。孩子，也很让人心疼啊。

"但是，留下这么可爱的孩子就死了的，不，是被杀掉的母亲更可怜。我这么想着，就仿佛听到了从另一个世界传来的妻子喊着'孩子，孩子'的声音。

"我跟你说啊，这一定是妙子那无法安息的冤魂在对我低语。我想象着妙子喊着'孩子，孩子'的声音，突然犹如醍醐灌顶般受到一股强烈的震撼。对了！一定是这样！……能让妙子甘愿跳进烈火的，就只有孩子了！……盲点一被击破，那长期被堵住的想法就如海啸一般奔泻而出。

"那时候，妙子也许并不知道我第一时间带着孩子去了朋友家避难。在那种混乱的情况下，这不是不可能的。那时候我一跳起来就马上抱着孩子跑了起来，同时对起身穿衣的妻子吼道：'快跑！孩子我带走了！'可是，正在穿衣的妙子真的听到这句话了吗？她会不会根本无暇思考，在本能地跑出来之后，才想起了孩子呢？然后一边喊着'孩子，孩子'，一边在家门前徘徊呢？在那种异常的情况下，人自然会产生与平时完全不同的心理。证据就是，我自己也在第二次搬行李去越野家的时候，脑海里才突然冒出'呀，孩子怎么样了'的想法，结果把自己吓得心怦怦直跳。"

讲到这里，北川稍微停顿了一下，像是为了确认这番话带来的效果般，偷偷瞄了眼野本的样子。只见他脸色更加苍白，一直紧咬着牙关。看到他这副模样的北川满意地点了点头，接着把谈话推进到了最重要的地方。

"假设有个执念很深的男人，对某个女人心怀怨恨。男人无论如何都想要发泄这份怨恨，一直执着地寻找机会。某天那个女人的家发生了火灾，因为某种原因，这个男人当时就在现场。他冷眼看着女人的房子被火烧毁，心中非常痛快。后来他又不经意间看到女人一边喊着'孩子，孩子'，一边在家门口徘徊。这时，男人突然想到一个绝妙的报复方法。这个机会，他怎么能错过呢？

"男子很快就来到女人身旁，像是催眠似的暗示她：'孩子啊，正睡在里屋呢。'接着迅速逃离了现场。这是多么令人难以防备的绝妙复仇啊！平常谁都不会被这种暗示左右。但若想要杀掉一位当时正因担心孩子的处境而几欲抓狂的母亲，这是一个绝妙的诡计。我虽然很恼怒，但也不得不佩服他出色的小聪明。

"到目前为止，我从来没有想过会有不留下任何证据的犯罪行为。但那人呢？再怎么厉害的法官也无法处罚他啊。除死人外无人听到的那句耳语，能证明什么呢？也许会有几个人记得当时的他行动怪异，但又有什么用呢？为了安抚突遭不幸的朋友的妻子，到她的身边说话是很自然的。退一步来讲，就算那句耳语被别人听到了，对他来说也不足为惧。'我只不过是把我认为的事实告诉了她而已。关于你妻子跳进火里，自己把自己烧死这件事，跟我没有关系。难道你是在说我预料到了会发生这种疯狂的事吗？！'他只要这么说，不就完美地为自己辩解了吗？多么可怕的阴谋！那个男人确实是个杀人的天才。你说是不是啊，野本君。"

北川再一次停了下来。他舔着嘴唇，好像在说："我的复仇终于要开始了。"他就像一只在半死不活的老鼠面前的猫一样，无比享受地用可怕的眼神盯着野本的脸。

北川之所以会跟野本熟络，当然也有二人同校的原因，但更为重要的原因是仰慕同一个女人的青年们，通常会作为同类聚集在一起。身为其中的一员，他们会彼此敌视，但同时也会保持密切联系。

这个团体中，除北川、野本之外，还有两三个年纪相仿的青年，火灾发生后收留北川一家的越野也是其中之一。那是七八年前的事情了，当时的青年们虽然现在已经俨然成了一个个威严的小资产阶级分子，但还是不曾忘记彼此，依然保持着联系。而那位处在这个团体中心的幸福女性，就是后来成为北川妻子的妙子了。

妙子是山手地区①一位旧御家人②的女儿。她长得很漂亮，被人称为"某某小町③"，而且那时候她刚从一所传统的技艺学校④毕业。作为一个女人，她也非常善解人意，也许是因为受到了母亲的传统教养吧，她身上有种与现在的姑娘不同的文静，总之是一个无可挑剔的少女。

当时北川算是其远亲，求学期间寄居在妙子家，仰慕妙子的青年们便自然聚集到了他书房里。

北川从那时候开始就是个沉默寡言的怪人，学问上不逊色于任何人，但在人际交往方面却是一窍不通。尽管如

---

① 位于江户（东京）地势稍高处的高级住宅区，江户时代几乎被大名、旗本等武士住宅和寺院占据，町家很少。明治以后成为官吏和地方出身的军人等聚居的地区。
② 御家人，意指镰仓时代"与将军直接保持主从关系的武士"。以后虽沿用此词，但词义多有改变。"家人"最初是贵族及武士首领对部下武士的称谓，而当镰仓幕府成立后，将军被敬称为"御"，故有"御家人"一词。
③ 美女之意。通常前接该人所处的时代或地方，意为那个时代或地方的美女。
④ 明治三十二年（1899）四月以前，教授各种技艺的实业学校。

此，他书房里的客人仍然络绎不绝。这是因为只要去拜访他，即使不能和妙子一起谈天说地，但妙子会来传话、上茶，等等，不管怎样都有机会一睹她的美貌。其中最频繁出入他书房的，就是前面提到的野本、越野，以及其他两三个人。他们之间的暗斗异常激烈，但始终只是暗斗罢了。

其中，野本的追求攻势是最猛烈的。他容貌英俊，在校成绩也名列前茅，而且他还是一个非常会来事儿的交际家，始终抱着一种唯我独尊的自信……不仅他自己自信异常，就连竞争者们也不能否认他的优秀，虽然心有不甘。在北川书房里谈笑的中心人物一直以来都是野本，偶尔妙子也会坐下来，这时如果野本不在就会冷场，可若野本在场，连她也会愉快地开口说话。只有野本在场的时候，她才会大声笑。就这样，他毫不费力地接近了妙子。

大家都认为野本会是最后的胜利者，野本本人也如此认为。他坚信万事俱备，只剩求婚了。

而当他们的关系正处于即将捅破窗户纸这样一个状态时，暑假到来了。野本怀着获胜者的喜悦，兴高采烈地踏上了回家的路。他觉得妙子已经完全属于自己，这种安心让他反而觉得和妙子短暂离别是件愉快的事。野本预想着之后与妙子远距离互通信件，两人可能会更加亲近。带着这样美好的愿望，他离开了东京。

然而，就在野本回乡期间，局面突然发生了转变。野本坚信已然属于自己的妙子，却连一句拒绝他的话也没有对他说，直接嫁给了那个一直不被大家看好的闷葫芦北川。

与北川的喜悦相反，野本愤怒得快要爆炸。与其说是愤怒，不如说是惊愕，是被最信任之人背叛了的那种惊愕。因为他之前总在人前显摆，所以现在根本没脸再去见朋友。

由于他和妙子并没有明确地彼此约定，所以他也无法提出抗议。他想痛斥她违约，可他们之间根本连约定都没有。无法宣泄的愤怒彻底改变了野本这个人。

从那以后他就不怎么说话了，也不再像以前那样去朋友家玩了。他只是想通过埋头于学问来排解失恋的悲痛。北川对这些情况了如指掌。他认为野本在那之后至今未娶，恰好证明了当时的失恋令他多么痛彻心扉。正因为如此，他和野本表面上仍然以同窗的身份相处，但实际上两人的关系相当尴尬。

考虑存在这样的过往，野本想要进行那样的报复也在情理之中，北川对此抱有怀疑也并非没有道理。

话说北川这个男人，就像前面提到过的那样，是个有点奇怪的人。社交场面话、俏皮话、玩笑话什么的，他根本应付不来。他就是一个完全不知幽默为何物的人。但只要跟辩论沾上边儿，他就显得能言善辩、口若悬河。他似乎不想为一个不明确的目标付出任何努力。相对地,只要他认定了一个目标,他就会不顾旁人的目光,一往无前。这种时候,他完全看不到目标以外的事情。正因为拥有这种品质,他在学问上获得了成功,甚至连不擅长的恋爱也成功了。

他属于那种不能一心二用的类型。在得到妙子之前,除了妙子以外,他什么都不考虑。得到妙子后,他便把以前心心念念的妙子扔在一边,开始埋头研究学问。而如今面对妙子的死亡他仍然如此,满脑子都是"可怜的妙子",除此之外什么都无法去想。他疯狂执着于对野本的报复,也为达到了这个目的而狂喜。

一切都从一个极端,走向了另一个极端。

一步失误,步步失误,北川大致就是这样一个人。对妙子死因的一些离奇想象,以及对野本的那种奇特复仇,不就是他一开始钻牛角尖且固执己见的证明吗?北川对他的想象深信不疑,而且这一信念现在也得到了证实。野本成功走进了北川的圈套,并在他眼前暴露出了自己的凄惨与苦闷。

北川终于结束了漫长的开场白,进入了复仇的关键部分。

"那个男人可怕的复仇没有一点漏洞。但即使能推理出来,也只是推理。就算你谴责他犯了这样的罪,如果对方不承认，那也无济于事，我只能痛苦于对方的老谋深算而束手无策，对方也心知肚明。我甚至没有办法去究责。世上会有这样憋屈又奇怪的处境吗？但野本君，请你放心，我终于发现了能抓住那个男人的武器。只不过，那武器对我来说实在十分残忍。

"我所发现的事实在折磨那个男人的同时，也使我备受痛苦。为了用它复仇，首先我自己必须要经历和对方同样的痛苦，否则这个武器就是无用之物。我想起以前的忠臣为了让仇人吃下毒馒头，会抱着同归于尽的念头先吃下一块。自己不先入地狱的话就无法杀掉仇人。这是多么可怕而疯狂的复仇啊！

"不过，昔日忠臣的情况还好。只要他停止了复仇的念头，他就不必丢掉性命了。但对我来说，不管我是否复仇，这个可怕的事实总会以一种愈加鲜明的方式向我逼近。刚开始的时候我还有些怀疑，但是慢慢地，真的就是慢慢地，我开始觉得这就是事实。而且，事到如今，这已经变成一个明摆着的事实，不用再多余加'好像'之类的字眼。以前还仅仅是心中的疑问，由于发现了极为明显的证据，它已经变成一个无可撼动的事实。无论如何，我都要经历这种痛苦。既然如此，我打算把这个事实告诉仇人，因为他可能要承受比我多出几倍的打击。然后，我会在一旁冷眼看着他因痛苦而翻滚扭曲的样子。我已经做好决定了。

"下定决心之后，我每天都在想如何对那个男人进行无懈可击的复仇。时而愤怒，时而钦佩，我满脑子都是这些。然而有一天，像一朵诡异的乌云从遥远的地平线升起来一般，我突然有了一个奇怪的想法。他确实以完美的方式完成了报复，但如果妙子并不像他所以为的那样讨厌他呢？不，如果她反而一直爱着他呢……不可能！这只是又一个无止境的妄想罢了。是我疯了！我真是智障一个，怎么会有这种事呢？然而，这真的是不可能的吗？为什么我的脑海里会浮现出这样一个荒唐的想法呢？我吓得浑身发抖。如果……如果妙子从那之后一直都在想着那个男人的话……

"我顺势就开始回想我和妙子当年结婚时的情况。那个男人对结婚前的我来说，是一个强有力的竞争者。无论是那个男人还是他周围的人们，一定都没有想过妙子会和我结婚，并且都坚信那个男人才是妙子未来的丈夫。虽然我暗自也这么认为。那个男人就是如此吸引妙子。如果当年没有发生特殊情况，妙子一定会跟了他。虽然我俩是情敌，但不可否认他确实具备天时地利人和。相反，我身上并没有任何吸引女人的优点，可我有特殊武器。我不仅和妙子家是远亲，而且追溯到以前，我家相当于妙子一家的本家①。因为有这样一层关系在，如果我提出要和妙子结婚的话，她那对传统的父母当然会求之不得地连声答应。不仅仅是出于那种人情上的考虑，加上我这种稳重的性格也很受他们喜爱，他们把女儿交给我很放心。而且不知是幸还是不幸，妙子本身是那种无论发生什么事情都不会违背父母意愿的传统女子。即便心里已经有了深爱的意中人，她也不会把这些表现出来。她不是那种心中所想都写在脸上的粗野女子。我是不是可以试图利用这些，强迫他们服从自己呢？就算没有这么明确地想过，但在内心深处我真的不曾意识到吗？

"和大家一样，我同样自负，而且恐怕比一般人更甚。出乎意料的是，结婚的事情进展得很顺利。以至于婚后，我对朋友的自责不知何时已经完全消失了。妙子把我当作坚实的依靠，对我十分忠贞。'我曾经以为妙子爱那个男人，其实是我在疑神疑鬼吧？'我这个老实人也就这么一概相信了。

"不过现在回想起来，除了妙子之外，我对女人一无所知。虽然很难判断，但恋爱似乎并不该是那样。我和妙子的关系与其说是恋人，倒不如说更接近于主仆。仔细想来，

---

① 一族或一门中具有中心地位，并且是土地名义上的所有者的家庭。

我也完全一副大少爷做派。她陪伴了我三年，可我竟然还是不了解她的感受。事实上，我从未想过要照顾她的感受。我只是单纯地相信，只要结为夫妻，妻子自然就会把丈夫当作世界上唯一的爱人。而我对此毫不怀疑，于是一直埋头于专业工作中。

"但这次发生的事情让我不得不重新思考这一点。事后一想，妙子的举止确实有很多我无法理解的地方。我相继想起了许多类似的小事，如果妻子真正爱丈夫的话，是不会那样做的。原来，妙子真的对我这个丈夫不满意啊！于是，她便日复一日地将自己无心抛弃的旧日恋人的身影深深烙印在心间。不！不只是心间！可悲的是，在她那丰满而温暖的胸膛里，真实地拥抱着那个男人的'身影'。

"我刚才说发现了一个确凿的物证。你看，就是这个东西。你也知道，这个吊坠是妙子从闺中就一直珍藏的东西。

"这是前几天我偶然在她从火灾现场救出来的小文卷箱箱底发现的，当时它被郑重地收在一个天鹅绒袋里。她珍藏的吊坠里到底放了什么呢？野本君，这里面像护身符一样贴着越野在火场上遇到的那个人的照片。那个人是残忍烧死妙子的人，是妙子以前一直爱着的人！但如果说这照片是妙子在闺中贴上，后来就被完全遗忘了的话，那倒还好。可是她在和我结婚的时候，确确实实把我的照片贴在里面了。然而不知何时，里面却换成了那个男人的照片，这究竟意味着什么呢？"北川把手伸进怀里，掏出了一个金制吊坠。然后把它放在手掌上，伸到了野本面前。野本仿佛无法承受恐惧般，用颤抖的手接过了它，然后盯着吊坠表面的浮雕图案。

北川极度紧张，感觉像是皇国兴废在此一战似的。他的注意力都集中在双眼上，努力不放过野本任何细微的表情。死一般的沉默笼罩着两个人。

野本盯着吊坠看了相当长一段时间，然而他根本没有要开盖确认里面的照片的意思。看来一定是一个无须确认且显而易见的事实震撼了他……他的表情渐渐变得虚无起来。尤其是他的眼睛，虽然只盯着吊坠，心里却好像在沉思别的事情一般，恍然失神。过了一会儿，他的头慢慢低了下来，最后趴在了茶几上。

那一刻北川吓了一跳，以为野本哭了，但他并没有。野本就像一个心灵受到重创、永远也爬不起来的人一样，趴着一动不动。北川觉得这样就足够了，胜利的快感让他觉得喉咙堵得慌。没有必要再接着往下谈了，即便有，他也说不出话来了。

他挣扎着站了起来，然后不顾身后趴着的野本，径直走出了房间。对屋中事情一无所知的阿婆急忙出来给他放好木屐。他刚迈着雀跃的步子走下玄关的台阶,就"扑通"一声,整个人都倒在了阿婆身上。他兴奋得连自己腿麻了都没有意识到。

"就是这样,我赢了。"北川满心欢喜,还在继续走着。

"那家伙永远也别想摆脱那个吊坠。就算想扔掉,也无法做到。不,就算吊坠本身可以舍弃,但在那家伙的脑子里,恐怕直到坟墓里都永远会有它的影子,就好像它的主人一样在他心中一直挥之不去。'我竟然用无比残酷的手段烧死了如此爱我的人!'那家伙面对自己这一无法挽回的失误,恐怕每天都会苦苦哀叹吧。世上会有这样令人心情愉快的复仇吗?真是完美的手法啊!不愧是北川,你太了不起了。你的头脑,果然聪明,你实在是太聪明了!"北川的欢喜到达了巅峰,却不免有点乐极生悲的空洞感。

他现在边走边跳,就像棒球队的支持者们喊着"加油,加油,你一定行"时会跳起来一样,然后,像疯了一般一边狂流口水,一边咯咯地笑。大量的汗水浸透了他的衬衫,腰部周围的萨摩布①也湿漉漉的。而因充血变得通红的脸上,正滴答滴答地往下滴着汗珠。

他大声地叫道:"哇哈哈哈哈哈哈哈哈哈哈哈哈哈哈,

---

① 萨摩(今鹿儿岛)特产的优质麻布。这种布实际上产自琉球(今冲绳),由于琉球当时为萨摩的属地,需由萨摩藩将萨摩布销往各地,因此得名。

真笨呐，自诩聪明的野本竟然完全被这个骗小孩的把戏耍得团团转。是吧，野本老师。"

其实，北川对野本说的话只有前一半是真的，后一半只不过是为了复仇而想出的一个诡计而已。至于他痛失妙子的悲伤，其实远远超出他所表达出来的。

她死后半个月，北川也停止了自己的本职工作，向学校告了假，一直夜不能寐，悲痛哭泣，和因想喝母乳而叫着"妈妈，妈妈"的幼儿一起哭泣。

直到越野，就是那个在火灾中热心帮助他的越野来到他的新居，对妙子的死因提出某种暗示之前，他一直沉浸在悲痛之中，甚至连她的死因都不曾怀疑过。

可一旦听了越野的话，他就又变成以前那个一根筋的人，完全忘掉了悲伤，全身心投入复仇当中。他不分昼夜，只想着该如何还击对方那种残酷的复仇。

这可是一项相当困难的工作。第一，他连对方是谁都不知道。虽然北川说越野在火灾现场遇到了野本，但这其实也是他自己编的。越野说他遇到了一个面熟的男人，而且这个男人好像很害怕被他认出来一样躲到了人群里。而越野并没有时间仔细分辨他到底是谁。

越野只是这么说道："不管怎么说，肯定是学生时代来往很密切的一个朋友。不管怎么说，当时我正因为火灾骚动而心烦意乱，所以不能保证百分百准确。不过，我觉得像是野本、井上、松村，也就是那时候常到你书房里来的那伙人中的一个。像是野本，又像是井上，话虽这么说，也不能确定就一定不是松村……总之，肯定是这三个人中的一个，但我怎么也想不起来。"

首先必须从对方那里下手。如果复仇对象找错了的话，就无法挽回了。而且即使知道了对方的手段，也拿他那巧妙的手段没有办法。因为正如北川自己向野本所坦白的那样，那是绝对没有证据的犯罪，纯粹是心理作用。也就是说，眼下存在着双重困难。

经过几天的沉浸式思考，北川突然想到了一个绝妙的主意。当然不是诉诸法律，但也绝对不是采用暴力手段去动用私刑。那是一种对复仇者来说绝对安全的手段，而且可以给予对方比坐牢和受私刑更沉重的打击。不仅如此，它的好处还在于到时不必费力找出真正的犯人，只需对每一个嫌疑人都做一遍就可以了。只有真正的犯人才会感受到无与伦比的痛苦，而其他人则不会有什么感觉。

妙子留下的金吊坠，以及四小张从学生时代班级合照上剪下来的照片，这些就是全部的准备材料。北川先让人做了两个和那金吊坠一模一样的吊坠，这样一来，三个相差无几的吊坠就齐了。最后他又分别把小照片上野本、井上和松村的脸剪了下来,一个一个地贴了进去。

准备工作不可谓不简单。可是,只靠这些,真的能报掉"血海深仇"吗?

"可对方耍的把戏不是更简单、更不惹人怀疑吗?在这个世界上,极微小的原因往往会导致非常严重的后果。谁又能断言,这不起眼的吊坠和这些从破旧照片上剪下来的小人像,就不具有左右一个人一生命运的强大力量呢?

"无论是野本、井上还是松村,都不会忘记这个金吊坠,尤其是这个盖子表面的维纳斯浮雕图案。那时来过我房间的青年们应该都很熟悉,因为他们互相谈论妙子的时候并不称呼她本名,总是用'维纳斯'来代替。而这个绰号就是根据吊坠图案而取的。如果现在他们中的某一个人,知道在妙子的小文卷箱箱底藏着的这个吊坠中贴着自己照片的话,该多么狂喜啊!同时,如果其中有烧死妙子的那个人的话,他心中的悲痛又该有多深呢?"

说实话,在越野指点过的三个人中,北川最怀疑野本。但其他两个人少时对妙子也不是没有意思,所以还是值得怀疑的。于是,他决定把嫌疑最重的野本留到最后,先在井上、松村两人身上试一下这个自认为是个好主意的吊坠把戏。

然而,还没等北川拿出吊坠的时候,两人的清白就已经很明显了。他们好像商量好了似的,一听到北川那奇怪的话,就不约而同地露出了可怜的表情劝慰道:"妻子去世,你脑子肯定会有些混沌。怎么可能会有那种荒唐事儿呢?你必须再冷静冷静。算了,先别说这种无关紧要的话了,来喝一杯吧!"他们就这样一心一意地安慰着他,表情中都没有流露出犯人的那种疑惧。

北川大失所望,心想:"我的想法真的有那么疯狂吗?也许就像他们所说的那样,这不过是毫无根据的妄想罢了。但最后还剩下野本。我不是一开始就最怀疑他吗?总之,先走到最后再说。"

于是他今天去拜访了野本,然后取得了超出预期的出色效果。他开心得像个疯子一样,并不是没有道理。

北川已经汗流浃背地持续走了两个多小时。他不经意间看了看表,夏日白昼漫长,虽然天还亮着,但已经过了晚饭时间。他好像终于清醒过来似的,这次朝着某个方向开始行走。

亢奋了一天,他疲惫不堪,身子跟着坐上的郊外电车一路摇晃。好不容易到了家之后,他已经什么都不想做了,立刻筋疲力尽地上床躺下了。不久,酣畅的鼾声就徐徐地从他那对今天的胜利十分满意的喉咙口溢了出来。

第二天，北川醒来的时候已经快十点了。睡饱后的惬意慵懒使他感到格外舒畅。他站起来，穿着睡衣走进了书房。那里有饱含着甜美回忆的东西在等着他——和留在野本手里的一模一样的两个金吊坠正在书桌的抽屉里等着他。他把它们拿出来，怜爱地欣赏着。

在最初的计划中，那吊坠不仅要留给野本，还打算留给井上和松村。如果很难判断三个人谁是罪犯的话，无论如何都要给每个人留一个。抱着这样的想法，北川特地让人做了两个昂贵的仿造品。

然而正如之前所说，野本之外的两个人还没等他拿出吊坠就已经被证明是无辜的了，所以北川不得不两次把小心藏在腹带里的东西原封不动地带回去，以至于他现在正盯着那两个没用的吊坠。

"野本那家伙完全想不到竟然会有这样的把戏吧。呵呵，怎么样？这是一个多么好的把戏啊。话说回来，需要我给你揭秘吗？现在，看看这个。谜眼就是这两个金吊坠。你觉得这里面到底有什么东西？不知道？那让我来告诉你。一张是松村的照片，另一张是井上的照片。野本的照片已经不在这……"北川的自言自语突然戛然而止。

他觉得自己的心脏好像一下子堵到了嗓子眼儿，脸色惨白如纸。他正要打开吊坠的盖子，却出于一种莫名的恐惧而蓦然停止了动作。他抬头惊恐地凝视着天空。

"任何细节,我都再三检查过了。可这种不安又是怎么回事?我会不会犯了一些不得了的错误?你现在只是想不起来最关键的一点,你去野本家的时候,果真带着贴有野本照片的吊坠去了吗?

"好了好了,振作起来。如果你交给野本的吊坠里贴的是松村或井上的照片,会有什么样的后果呢?你不害怕吗?天呐,你是在发抖吗?那你是想起来自己犯了什么无可挽回的错误了吗?"

他摇摇晃晃地站了起来,然后像是再也按捺不住惶恐似的朝着房门走去。就在这时,女佣刚好拿着一封信来到他的书房:"先生,野本先生派人送来了一封信。"

一阵饱嗝似的气体瞬间涌上了北川的胸口。某种不安的预感像孩子般肆意地拽着他,不让他读这封信。但是他又不能一直这样盯着女佣。

北川终于下定决心,拿过信拆开了。信上野本那笔势雄健的字迹深深地刺痛了他的眼睛。

读着读着,北川的嘴边泛起了一丝可怕的笑容,然后这笑容逐渐扩散到全脸。他举起信蒙到脸上,然后大笑了起来。

"哈哈哈哈………嘿嘿嘿嘿……呵呵呵呵……"

他不停地笑着，就像《朝颜日记》①中那个误食笑药的坏医生一样，笑得没完没了。

就这样，可怜的北川发狂了。我们一时无法判断他发疯的原因是什么。然而毫无疑问，妙子的死是最主要的间接原因，而野本的信则是最主要的直接原因。野本的信上写着如下内容：

前略

昨日意外举止失当，失礼之处烦请谅解。

实因近日极度忙碌，彻夜埋头工作，以致睡眠不足，才会最终做出那等始料未及的失态之事。结果对您的谈话也不复记忆，甚至连您何时离开都毫无印象。在您面前竟毫无顾忌地陷入酣睡，实在不知该如何赔礼为好。虽印象不深，但听您昨日所说，似仍对令夫人之死抱有疑问。依照常识，在下认为应该不可能。您痛失爱妻，在下深表同情，可过度沉浸其中于您健康不利，望换个环境好好静养。谨以此信表达在下身为老友的衷心劝告。

总之，在此再次为昨日之事向您致歉。

---

① 净琉璃剧目《生写朝颜话》的通称。1814年，奈河晴助为泽村田之助二世将雨香园柳浪的读本《朝颜日记》改编为歌舞伎脚本，后形成净琉璃。

另随信奉上您昨日落下的金吊坠。虽然您说里面贴着照片的就是可怕的凶手，但我实在无法相信平素与吾等亲近往来的松村君会是那种穷凶极恶之人。

信封里除了信，还有一个用白纸包着的金吊坠。不知怎么搞的，吊坠里贴着的不是野本的照片，而是松村的。这封信究竟是野本的真实想法，还是他对北川此番失误的随机应变？这将永远是一个秘密，而谜底只有野本自己知道。

如此说来，导致北川发狂的直接原因，正是这等可怕的结果，也正是他平时像口头禅一样挂在嘴边的所谓"大脑的盲点"。